我的一本一线生活

郭轶东 著

书籍是全世界的营养品

多读书，读好书

不断提高文学素养

这是不二法门

除此之外，别无他途

经济日报出版社

图书在版编目（CIP）数据

我的一本一线生活 / 郭轶东著. —— 北京：经济日报出版社，2021.7

ISBN 978-7-5196-0903-0

Ⅰ.①我… Ⅱ.①郭… Ⅲ.①散文集-中国-当代 Ⅳ.①I267

中国版本图书馆 CIP 数据核字(2021)第 146071 号

我的一本一线生活

作　　者	郭轶东
责任编辑	王　含
责任校对	蒋　佳
出版发行	经济日报出版社
地　　址	北京市西城区白纸坊东街 2 号 (邮政编码:100054)
电　　话	010-63567684（总编室）
	010-63584556　63567691（财经编辑部）
	010-63567687（企业与企业家史编辑部）
	010-63567683（经济与管理学术编辑部）
	010-63538621　63567692（发行部）
网　　址	www.edpbook.com.cn
E – mail	edpbook@126.com
经　　销	全国新华书店
印　　刷	成都兴怡包装装潢有限公司
开　　本	880mm×1230mm　1/32
印　　张	7.25
字　　数	130 千字
版　　次	2021 年 7 月第一版
印　　次	2021 年 7 月第一次印刷
书　　号	ISBN 978-7-5196-0903-0
定　　价	49.00 元

初当翻译话甘苦

我是上海外语学院阿拉伯语系的毕业生。没当翻译前，常常羡慕翻译业的那份荣耀。当翻译无异是学以致用职业。

自己的五岁的女儿常闹，两位交替讲阿拉伯语、阿姐妹讲上海话，阿姐则爸讲英语……

……

郭毅东

特别感受

忘了是哪位作家说过，"父母给于女儿的最好的嫁妆，便是一张名牌大学的文凭。"所以，当我结婚时，爸爸妈妈问我："孩子，你需要什么？"时，我说，"你们已经给了我最好的嫁妆。"

爸爸妈妈都是知识分子，他们读了很多书，所以扶着地相信，"万般皆下品，读书也最有用。""读书可以成才、或熟、或成功、或家"……

……

所以，我十分感谢父母给予我的世界上最富有的可以享用终身的"嫁妆"——安身立命的知识和文化素养。

——郭毅东

在迪拜购物

从国内到迪拜作商务旅行的游客，在离开迪拜之前，总喜欢买些礼品送给国内的亲朋好友。这些礼品不外乎有三种：香水、电器和黄金饰品。

……

阿联酋居民和其他阿拉伯人一样酷爱黄金。

……在迪拜，"言不二价"的商品极少。

郭毅东

走出"秘书"的误区

□ 郭轶东

远离亲人

□ 郭轶东

穿在迪拜

□ 郭轶东

★阿联首见闻

我的"埃及妈妈"

□ 郭铁东

初识辛哈姆，是在迪拜的一家美国医院。当时，我俩都站在医院门口等出租车，可是由于车少，我们对视一笑，便聊起来……

辛哈姆是典型的埃及人，棕色皮肤，已经48岁。她一儿一女都在意大利读书，丈夫在8年前与她离婚……

萍萍相逢如知己，她的儿女不在身边，我们便成了……

阿联酋胖国胖人多

文/郭铁东

众所周知，阿拉伯国家是以胖为美的，"胖人之邦"当恰首推添加王国，因为该王就是全国体重最重的人。阿联酋也不例外，我在迪拜工作时，见当地人多数都体态肥胖，大腹便便……

阿联酋全年温度在20℃以上，有半年时间温度在40℃左右。这种酷热的天气，造成户外活动诸多不便而变懒。

迪拜的治安

□ 郭铁东

迪拜是阿联酋的一个城市。

初到迪拜，听当地人说，迪拜治安情况良好，可以用"路不拾遗，夜不闭户"形容……

迪拜的"雷锋"

□ 郭铁桑

世界之大,无奇不有。在迪拜此居然有雷锋式的人物。

那还是在亚洲杯比赛期间,中国足球队来到迪拜参赛,我和几位中国朋友去球场观战。当晚观队赛前,从球场返回的路上,汽车轮胎突然瘪了。车胎锁定车上,当时已是午夜时分,迷茫荒郊野外。我们这些没穿援过的车胎换汽车工具,无法解脱。这时路上排的本帮我们的工人……

一次,与一位朋友到饭店用餐。

汽车停泊在停车场上,一位蒙古国纱穿蒙服的女人使走过来,神出有手向我的朋友要钱,嘴里还哪哪讲着我们听不懂的话……

★阿联酋见闻

郭铁桑

阿联酋的"斋月"

郭铁桑

我是去年5月份应聘到阿联酋迪拜的一家公司工作的,今年恰逢在阿联酋过"斋月"。

今年阿联酋的"斋月"始于1月10日。所谓"斋月",就是指在一个月之内从日出到日落这一段时间内,不吃、不喝,所有的穆斯林在这一个月内要"守斋"。守斋被称为穆斯林的五大功课之一。按照《古兰经》的解释……

迪拜风情

郭铁桑

阿联酋的迪拜是一个国际性城市,这里汇聚来自80多个国家和地区的居民……

迪拜虽然是个很开放的城市,但非常是穆斯林国家……

读了《外国女性在沙特怎么过》一文（载本报1997年12月17日第16版），颇多感触。我未去过沙特，因为外籍女子获准进入沙特的签证非常难，而且进入时需有丈夫、父亲或兄长陪同，但我在与它相邻的阿联酋工作了一年多，所以感到阿联酋对外国女性的政策比沙特宽容很多，这可能是导致外国女性宁愿去阿联酋而不愿去沙特工作的原因之一。

与沙特一样，阿联酋女性穿长长的黑袍，黑纱裹头，有的还带一个面罩，只露两只眼睛。而对外籍女子，则无此限制。所以同一个地方，露天是不可能的。

在阿联酋，女性就业的范围很广。几乎各行各业都有女性的参与，工资也与男士一样，并没有性别歧视，而且很多公司愿意用女职员。因为在阿联酋，女性办事比男性方便，原因不言而喻。

在阿联酋，供人消遣的地方很多：电影院、溜冰场、夜总会、酒吧、健身房、海边浴场。在电影院，你可看到欧美最新的片子和印度影片，因为阿联酋40%的人口是印度人。

阿联酋的治安是首屈一指的，可以用"路不拾遗，夜

外国女性
在阿联酋怎么过

□ 郭佚东

你既能看到穿黑袍的当地女子，又能看到身穿西装、超短裙、露肩装的外籍女子，在阿联酋穿着是绝对自由的，只要你不穿比基尼在大街上走。

在邮局、医院或其他公共场合，男女排队是分开的。如果同一个窗口只有男士在排队，女士可以"插队"，永远是"女士优先"，不论本国女子或外籍女子。

女性驾车是司空见惯的事，不论当地女性还是外籍女性。因为在异常炎热的气候下，长时间步行于

不闭户"来形容。阿联酋人虽然很多情，但不会强迫你。你走在前边，后面有车跟着你献股勤，只要你不理睬，车里的人大不敢上来动你。所以女性在这个国家是安全的。

阿联酋与沙特就像一对双胞胎，源于同样的文化——伊斯兰文化，信仰同一种宗教——伊斯兰教，却因时间、历史、人文等因素而变得大不一样。

阿联酋传统的联姻方式是父母包办、家庭通婚。在阿联酋大多数家庭中，无论男方或女方，都极少能自由选择配偶，一般都是表兄妹联姻或由父母作媒指定配偶完婚。

在阿联酋工作期间，有幸应邀参加了一次阿式婚礼。男方是阿基曼酋长国国王的公子，女方是迪拜最大最富有的家族的千金，二人可谓门户对，他们曾先后在美国读大学。这样的家庭背景，其婚礼的豪华场面是可想而知的。

和我国的婚俗相同的是，第一天男方家里操办婚礼，第二天"回门"，女方家宴客。我参加的是"回门"的婚宴，婚礼在迪拜国际贸易中心的大厅举行。大厅门口，女方家的女性亲友站在门口迎接客人，一位当地妇女手里高举着一个铜壶，在门口走来走去，壶里盛着燃烧的香料，壶嘴黑烟出缕缕香烟。据说这是当地的习俗，象征着前程似锦。大厅中央摆放了约四、五百张餐桌，大厅两侧摆满藏菜色拉、炸鱼、烤全羊等丰盛的自助餐，任由

阿联酋
观婚礼

文／郭铁东

客人随便享用。大厅正前方悬挂着一块特大的屏幕，正播放着前一天在男方家里庆祝新郎的热闹场面的录像。屏幕下面是伴歌台。就餐前，几位黎巴嫩女青年歌手轮流演唱了几首歌曲。整个婚礼没有司仪主持，大家只是联欢地吃饭或小声交谈，静等新娘的到来。

和我国婚礼不同的是，我们请客人吃中午饭，他们请客人吃晚餐。据说新娘要在午夜十二时，才在亲朋的陪同下进入宴会大厅，接受大家的祝福。遗憾的是我因有他事，提前退席了，后来摄参加婚礼的人说，新娘漂亮极了。男方家请客请的是男女方的男性亲戚及朋友，女方家请客请的是男女方的女性亲戚及朋友，而且基本不准带小孩。按照穆斯林的规矩，宴会上是不准饮酒的，这样，很难见到热闹的劝酒场面，自然新娘也免了不少麻烦。新郎新娘宴请也一样。

有钱人家的婚礼奢华隆重，而一般人家的则简单、朴素多了，这与国内也大同小异。

本版插图／斌礼

005

序　言

　　父亲欣赏女儿的才华，我在高兴之余，读些感想，供女儿与读者参考。

　　女儿把码字（把文字变成铅字）当作生活中的乐趣来享受，同时也希望把自己对生活的热爱和在工作中体验到的酸甜苦辣与广大读者分享，并能产生积极的影响，我想这个目的肯定能达到。

　　女儿已到天命之年，按照恩格斯的说法，人是"未完成的存在"，即在不断的进化，完善自己中。她对社会，对人生已有比较深刻的认识，这在文章中大有反映。只有出自内心的才能进去别人内心，只有经过自己独立思考的事物，才能引起别人的思考，在这个意义上，我觉得她的文章具有抛砖引玉的作用。

记得有位作家说过，从文章中就可以看出作者读过多少书。这是经验之谈，事实也确实如此。衷心希望女儿能牢记莎士比亚的名言：书籍是全世界的营养品，多读书，读好书，不断提高文学素养。这是不二法门，除此之外，别无他途。读书有养颜美容的作用，"腹有诗书气自华"就是明证。

郭文才写于太原家中

（作者系山西省作家协会会员、山西省太原市老年作家协会副主席、《作文周刊》编审。）

目 录 Contents

职场生涯快乐多

职场生涯快乐多

这辈子，与女性为伍

我们家共 4 口人，爸爸、妈妈、妹妹和我，男女比例 1：3。我从小就生活在"母系社会"。我们家的户主是我妈妈，我们住的也是妈妈单位的房子。

等到上大学，我就读于外语学院，我们班男女比例是 1：2，共 9 个人，女生 6 个，男生 3 个。不过老师总是宽慰并鼓励我们说：你们是国家乃至国际稀缺人才，是国家部委以及各大中资公司争抢的对象，毕业后的就业不是问题。看在"稀有人才"的份上，也就忽略了男女比例的问题。等到毕业分配时才知道，其实各大部委对于招收女生是有比例限制的，或者说对女毕业生基本是"闭门"的。

外语学院开舞会的时候，本学校的女生都要被"挂在墙上"的。所以我们学校的女生在周末都是奔赴到邻居的两个大学——复旦和同济去跳舞。那两个学校里的男生多，绝不会有被挂在墙上没有人请的尴尬。在复旦的圣诞节舞会上，我收获了现在的老公。

1997年迁移到深圳后，又扎进了著名的女人城。深圳的男女比例是1∶4，如果加上血汗工厂的女工，男女比例为1∶7。有人质疑这个数字，说其实深圳男女比例相当，可是无论如何，深圳女人多，或者说是女强人多，那是不争的事实。高楼大厦里进出的女人多不说，要是跟哪个公司开会，会发现一半以上都是女的，女老板也很多。

生活中，我的朋友也基本都是女的，除了老板、老公是男的，另外还有为数极少的男同事外，周围的工作伙伴基本都是女同志。所以我对女人的事情特别关注，比如那些各种形容女人的词：剩女、宅女、37度女人、留守女士、超女、猛女等。这些或褒或贬的词体现了城市里那些不可忽视的女人的力量和影响。

1999年加入公司后，我开始没有注意，2004年升职作管理层后，几次跟新员工沟通交流，有新同事在问："为什么公司的女领导这么多？"仔细琢磨下才发现，原来周围能干的女同志特别多。办公室里放眼望去都是姹紫嫣红，只有几个男同志的光头脑袋在晃。没有办法，城市里的女人多，自然公司的女人就多啊。深圳的许多公司在招工时也对女性比例有限制，用人单位最发愁的就是这些泼辣能干的女同志们个个都在同一个时间怀孕、生育，"突如一夜春风来，千树万树犁花开"。

当然，扎在女人堆里也有很多好处，最大的好处就是不用担心工作中的性骚扰。在最近几期给公司外派员工的跨文化课程中，有几个女同事提出了如何面对性骚扰的问题。我说的其中一个解决方式就是，找一个女性做你的领导。当然，这只是一个玩笑，谁能选择自己的上司呢？而且在大多数的公司里，女性成功成长的机会比较少，想找个女上司也不容易。另外，女员工在更多的时候惧怕或者难以与女领导相处，道理很简单，同性相斥吧。

按照目前深圳一些企业用工的定义：女人都当男人使，男人都当畜生使。这当然是极端化了的描写，意思是职场里大家都是不论性别的，即使这样，在深圳这样的城市，你还是会发现女性的力量相当强大，完全不能忽视来自全国五湖四海的女性对特区的各种贡献。

第二个好处是，因为大家都是女人，所以女人之间的一些话题不用太遮掩。比如生理期那几天，你可以非常轻松地告诉你的女上级，你不舒服需要休息，而她一定会理解你的不舒服并给你一天带薪休假。男上司则不同，尤其是那些未结婚的女孩子，在不好意思说出实情的情况下，还要编造一些其他借口，比如我妈、我爸病了什么的，通过糟蹋自家人身体健康来找个借口请个假什么的。

前几天，我跟两个女同事正在讨论乳腺增生的问题，一个男同事凑过来问："你们谈什么，让我也了解一下。"我们说："是妇科疾病，要听吗?"他说不要了，我们调侃他说，听一下吧，万一以后你老婆或者女儿也有类似疾病，你可以做个参考啊，但是他还是狼狈而坚决地远离我们的话题。

第三个好处是，无论你与女上司关系多好，都不会传出绯闻，而你被欣赏一定是因为工作能力和优秀表现。我2004年升职做管理层后，由于人事工作的特殊性，部门基本都是女的，男的只有两个。如何管理好女同志就成了我工作中必须面对的问题。俗话说：三个女人一台戏，我已经跟许多女人搭戏了。有些是我的上司，有些是我的下属，更多的是我的同事。

我在公司唯一的女领导，现在已经退休离开了公司。刚与她工作时候很不适应，每天上班路上想到要面对她，我就很紧张。可是看到她的时候，还要勉强堆出职业笑容，因为她很严厉细致，有时候压力大得让人喘不过气来。当她因为身体原因离开公司后，我反倒觉得她以前的严格和细致让我受益匪浅。那些与我搭档过的女同事，也个个都是女人中的女人，或者精力充沛、超级自信，或者聪明伶俐、体态优雅，或者智商情商超高、积极上进。我在与他们的合作中也受益匪浅。

当然，扎在女人堆里，有时候也会矛盾重重。几年前我们请中科院的专家给办公室的同事做心理测评，结果是发现女同志之间容易有一些小摩擦，也许在一般的工作环境下没有明显的表现，可是一旦有压力，关系便变得异常紧张。我们当时看了报告后也是非常惊讶，平时大家都保持着职业的微笑和距离，但是事实上确实无法否认女人之间会有很多的由于小情绪和生理期抑郁带来的不满和敌对。

自从上次测评之后，我更加关注与女同事之间的相处之道。无论如何，我们白天在一起工作的时间超过了与家人在一起的时间，积极维护这种感情也是一种双赢的选择。我想，也许每个女人人生的理想目标就是：在女人堆里，不做女强人，做个强的女人吧。可是，有的时候心理也会嘀咕一下：啥时候，可以在男人堆里工作一下呐？

做个文明的乘机人

我是常旅客，在航旅纵横的 APP 里，显示我的飞行记录超过了 98% 的旅客。最近几年国内的旅途比较多，大多数旅行因为时间短，所以比较愉快，但是如果遇到晚点的航班，就会遭遇很多不愉快。最不愉快的一次经历令我记忆犹新。

母亲生病住院，我飞回太原去探望，往返定了深航的航班，原因是航班时间好，既不需要劳烦家人在深夜等候，也不需要我日夜星辰的赶路。可是计划赶不上变化，返深的航班延误了长达 5 个多小时。

飞机正点是 17：25 返深，18：00 登机，18：50 全部乘客刚坐好时，乘务员忽然宣布，由于航线控制的原因，飞机无法起飞，我们需要等待起飞的命令。最近乘坐国内航班，我对此类通知有点麻木不仁，对正点起飞已经没有奢望了，也许因为上海世界博览会吧。

过了半小时，飞机上有人在小声嘀咕，但是还好，几乎没有人起来或者大声喧哗。再过了1小时，飞机又在播放，说航道管制原因无法起飞。旁边的一位女孩子跟我搭讪，结果一问才知道是同城友商，大家双手一拍，相视一笑，一切尽在不言中。有人聊天，我更加不觉得寂寞了。随便延误多长时间，反正回家就是睡觉了。

这时候，一个大概十几岁的戴眼镜男孩子突然非常激动地大吵起来，而且眼中带泪。我回头看他一眼，他在大声质问空姐，要空姐告诉他飞机什么时候起飞，他的脸红红的，嘴巴不停地叫着，他的母亲在旁边也掺和着，大声叫。我马上对旁边的女孩子小声说，"他可能需要心理干预"。我很奇怪这个小孩子的母亲为什么不安慰和劝阻孩子停止哭泣和抱怨，而是说一些激怒他的话让他更加激动和不安。

想起去年在 MSN 上看到一个报道，一个旅美的著名女演员投诉国内某著名航空公司。她的孩子是智力障碍儿童，在飞机起飞前在机舱里有些异常举动，机长要求他下飞机，导致他和带他的外婆没有乘坐当天的飞机回国。后来这个女演员投诉了这个航空公司，但是航空公司坚决不肯道歉，理由是为了所有乘机人的安全。

我非常赞同这个机长以及航空公司的决定，当然作为一个母亲，我非常理解那位著名女演员在知道自己儿子被强行拖下飞机后的担心。作为一个女儿，我还能体会她的白发苍苍的老母亲在受到惊吓之后的恐惧。而作为一个普通公民，我更觉得做个文明乘机人是一个公民的基本素养。

机舱里的人开始骚动了，很多人站起来走来走去，而且说话声音变得嘈杂起来。我在想，他们这样闹来闹去，也没法解决问题，为什么不去换位思考一下，理解一下别人的处境哪？

但凡有点常识的人就知道，航空延误是不赔偿的，能补偿你一瓶水就不错了。由于没有法律规定晚点多长时间可以得到赔偿，也没有规定多长时间算延误，只有一些行业规定，现在最新的约定是4小时，但是只是4小时以上乘客才有权要求赔偿，而且不一定能赔给你。

4小时以下就只能怪自己运气不好了。因航空公司本身原因造成的航班延误4小时（含）以上，旅客都能得到票面价格20%～40%不等的现金补偿。补偿标准：票面的20%～40%，但是播音员一直在说，是航空管制的原因，当然是不可抗力的原因，你的权利就只剩下退票了。

又过了半小时，乘务员说可以起飞了，抱歉由此带来的延误。我们终于松了口气，飞机开始在地面转动滑行。可是还没有转了几下，大概5分钟的样子，乘务员又在说，非常抱歉，机长发现启动机有故障，飞机无法起飞了。全机舱的人看着要爆炸了，由于里面很热，很多人已经到了忍无可忍的地步。有些人跑到了机舱的前面，有要求退票的，有要求下飞机的，有要求赔偿的，吵成了一大片，几个空姐赔着笑脸解释着、寒暄着。

很多年轻女孩子都羡慕空姐的职业，如果看了这个场面，估计这辈子也不会想做空姐了。终于等到喇叭里乘务员说，可以下飞机了，大家都像逃难一样跑到外面候机室，有的打开电脑，有的去厕所，有的在找吸烟室。我则找了个位子坐下来休息。

我注意到有两个老外最无辜了，大家在吵闹什么，他们都听不懂，也没有人给他们解释。我试着给一个老外解释，他无助地问我："What happened（发生什么事了）？"我说："飞机发动机有故障无法起飞了。"他点点头拿了本书看，没有再说什么，另外一个在上网用电话跟他的同事解释飞机晚点的事情，也许这俩人是经常出差吧，总之他们不吵不闹安静地等候。在这个意义上，我觉得所有的人都要有点修养，至少在公共场合提高下情绪控制能力。

刚才在飞机上的那对母子，母亲又发飙了，航空公司给每人发了一瓶冰红茶，不知道怎么惹到了她，她把柜台上的所有东西都推翻在地了，地勤人员也在小心翼翼地赔着笑脸迁就她的怒火。我实在是佩服这位母亲的精力，还在大喊大叫，我要不是因为陪生病住院的母亲熬夜太累说不出话，我很想给她"心理按摩"一下，嘴说不了话，可是心里还在想有啥不顺心的吧，为什么火气这么大？

10点左右，地勤通知说可以登飞机了。这次登机后，确实少了五分之一的人，机舱里人少了，空气也好了，所有乘客上飞机就睡觉了。我仔细观察了一下，那些大叫大喊的人基本都没有退票，在经历了5小时的上上下下的折腾后，他们体力和精神支出都很大。

希望在下次的航班上，他们学会控制情绪，做个安静文明的乘机人。

做个优雅的守时达人

不久前，体系组织我们做客户经理技能认证的评审，在公司食堂吃完早饭后，我就直奔 A 座的会议室，去了后正好 8：25。看到另外两个与我一样准时的同事都到了，他们俩人与我一样在国外工作多年。

于是我们三人一起感叹：这些年，公司遵守时间的人实在太少了，参加会议的 20 多人，准时来的只有我们 3 人。本来 8：30 开始的评审，推迟到 9：00 才开始，而且那些迟到的同事没有一个觉得不好意思的，每一个面无表情地进来，没有一点愧疚的感觉。

我于是心里开始嘀咕，公司世风日下，之前人少的时候，大家都很自觉，人多了很多事情就不好协调，不好组织。基本开会没有准时的。有个离职的同事多年前写了篇文章"组织好你的会议"。也是对当时公司会议多，会议时间长，却从未快速解决过任何问题写的一些自己的看法。几年过去了，她文章中说的那些大公司的"会议病"依然有，而且越演越烈，看不出任何改善的迹象。

但是对于公司目前的狠抓考勤制度，我心里特别赞赏。我个人是非常不喜欢上班迟到早退的人。如果有事情就提前请假，虽然对于上班打卡每天很紧张，尤其在早晨上班堵车的情况下，理解公司老板也是迫不得已用这种对付工厂生产线工人的方法来对付高科技企业里不尊重时间和不守劳动纪律的人。但是我还是要给力地支持一下："调状态"的第一条就是要严格考勤制度。

一大早上班路上，闺蜜跟我抱怨，昨天陪女朋友逛街，就一个小店，结果用了一下午时间，如果是我们两个逛，估计半小时就出来，可是她的女朋友逛了4小时。她感觉很浪费时间，然后又接着说，前几天约好去一个酒吧，结果那朋友迟到了1小时，既不打电话也不短信通知，而且也未对迟到发出道歉。闺蜜无奈地感叹，怎么每人对时间的理解就这么不同。

我非常理解闺蜜的不满，我个人非常不喜欢不准时的人。在我的朋友中，确实也有类似的人，时间长了，我会慢慢疏远。因为我不跟不守时的人约会，也尽量避免因为这种不守时带来的彼此之间的不愉快。我也不希望把自己的宝贵时间用在这种无用的磨合上。

从小到大，父亲都用鲁迅的名言来教育我们：浪费自己的时间就等于慢性自杀，浪费别人的时间就等于图财害命。我虽然一直觉得这个话说得有点过重，但是无论在私人社交或者对公商业场合，我都很重视尊重别人的时间，做到准时，守时。绝对不浪费别人的时间，也珍惜自己的时间。如果确实有原因而迟到，要提前说明原因或者让别人早作打算。

这个准时在工作方面包括，准时上班，不迟到早退；如果有事情或者生病，提前请假或者短信通知同事和老板；与同事、客户开会或者与前来应聘者面试，一定提前到 5 ~ 10 分钟到达，而不是理直气壮地迟到，然后心口不合地说句："抱歉让你久等了。"凡是与我即将合作的同事，这是我必须在第一时间、第一次见面要宣贯和强调的。

我对陌生人或者初次见面的人的评判多来源于对时间的态度，我一直认为一个不懂得守时的人很难成就大事情。莎士比亚曾经说过：抛弃时间的人，时间也抛弃了他。

记得有次一个女孩子从广州来面试，结果下午暴雨滂沱，我当时在想她可能不来了，没有想到她电话告诉我说，下雨塞车，她晚到一会儿。后来她又电话过来说，还要晚到，希望我们再等等她，耽误了我们的时间，真的很抱歉。我们于是耐心地等着她来，来了之后看她也淋雨了，我们反而过意不去，面试还没有开始，我都已经感到我们成为同事的可能性很大了。后来我们如愿成了同事，再后来她跟我说：好态度会带你走得更远。

那些过去没有时间观念、长期喜欢磨蹭的人，2011 年开始，争取做个优雅的守时达人吧。

金牛女，剽悍的人生没有理由

　　三个女人与前老板聚会，理由只有一个，F回来了。这次她是从美国回来，打电话给我说："麻烦你召集下几个老同事，吃个饭。"我们每次都这样，一顿告别的饭之后，很久都不联系，等她回来了，一个谈笑风生的电话，我们又可以坐在一起，完全不陌生，完全有共同话题，完全不需要任何的铺垫，我们的兴趣就是她，因为她就是个传奇。她的经历可以写本书，只是我的文学功底不够高，如果我再学点PR知识，她完全可以被我炒作成一个光芒四射的明星。

　　F是我的前同事，现闺蜜。我喜欢她的透明、直率、不娇气。两周前，她幸福而臃肿地出现在我们面前，幸福和臃肿都是因为刚生了梦寐以求的女儿。我心里开始八卦兮兮并迫不及待地为她开篇，理由是她的人生经历在我的朋友中的确太离奇了，让我佩服。作为女人，她有自己的婚姻，有自己的事业。她也从没有放弃过提升和修炼自己。我用的这个标题是我每次见到她的感觉：剽悍的人生没有理由。

F 是国内大学本科毕业，工作一段时间，去英国留学读完 MBA，回国工作，然后在职读了武汉某大学的经济学博士。生完第二个孩子又去了加纳工作，加纳回来又去上海工作，上海回来，又去美国生第三个孩子。现在从美国回来又准备去加拿大蹲移民监。

三个孩子的妈妈，也许你会觉得这些都没有啥，目前中国有钱人都有两个以上的娃。但是，她的三个孩子，一个生于中国，中国护照；一个生于加拿大，加拿大护照；一个生于美国，美国护照。更绝的是，这三个孩子都是出于一个老公、一次婚姻。当然，身体好，这是最重要的，能折腾的女人大都是身体好的，不像我，看一百个中医都说我肾虚。

我第一次在公司见到她，那时第一个孩子刚出生，她穿着肥大的西装，褶皱还很多，我问她为啥不烫衣服，她说带孩子忙，然后补充说，我是留学英国的。我鄙夷地看着她，刻薄地说："留英的都是不烫西服的吗？"她笑眯眯地看着我说:"别嘲笑我了,带孩子忙没有时间,我回去就烫,下次不会让你鄙视的了。"她友好、开朗,喜欢微笑,是非常大气的女子,我开始喜欢并关注她。

几个月后,她被公司派到了欧洲工作,那时候派出国的女子不多。她跟几个男同事住在一个公寓。有一天,她回国,我们两个在一起,她说:"亲爱的,你可要给我做主啊,人家德国公寓里面的老太太对我指指点点,以为我是做那个生意的,每天跟不同的男子出入。"我说:"我对你绝对放心,星座金牛的人就是心眼好、忠诚,你老公如果拷问你,我会出来帮你澄清的。"她笑着说:"老公没有问题,关键是公司的同事不要指指点点就行了。"我又调侃她:"亲,就算有人拿这个事情说你,那也是工伤啊,属于我们的保险责任管理范围,我会为你主持公道的!"她大笑。

她接着说:"我每天都很忙,现在有贼心没有贼胆,有贼胆没有时间,有时间没有精力。"她绝对是一个超级忙的女人,工作之余,还兼职做了很多社会工作。后来与她进进出出同一个公寓的男同事都离职了,她的担心都多余了,她也因为要去加拿大蹲移民监离职了。流言蜚语总是随着人的离开而慢慢被淡出视线。

很多同事,在公司工作的时候因为在工作中互相的帮助和力挺对方而互相欣赏，他们离职后，友谊的延续让我们非常自然地成了闺蜜好友。每隔一段时间，她会从遥远的国外电话给我，告诉我她在加拿大的生活：买了房子，生了儿子，而且是自己找当地的月子中心生的。其中的艰辛和困难只有她自己理解。我佩服她的独立、潇洒以及从不抱怨。

后来她说孩子要在国内接受中文教育，要回深圳与老公团聚，就在深圳找了家公司。她被这家公司外派到了加纳，她说，要去发展中国家锻炼和感受一下。在那里工作一年后，她回来了。休息了一段时间，说要读博士，要寻找市场的灵感，于是跳槽去了上海的一家公司做市场。在上海的时候，她经常电话给我探讨工作和生活的事情。

不到两年，她又说分居对夫妻感情不好，回到了深圳。在深圳时候，她说她又怀孕了，前面两个都是男孩子，她很想要个女孩子，可她老公反对，她坚持要生。她的老公跟我一个星座天蝎，据说金牛和天蝎和谐率是80%，可是为啥贵为天蝎的我，就一直迁就金牛老公。而她这个金牛老婆我心里一直佩服她的一点，她想要干的事情，她就去干了，而不像我们一般人，总是被这样那样的原因所束缚，我觉得她的心是自由的，这是我最爱她的一点。

上次见到她，她挺着4个月的肚子，告诉我们要去美国生孩子，她坚定地说："这次一定是女孩子，名字就叫戴安娜，因为老公姓戴。"我们全部笑得前仰后合。然后她走了，隔了几个月，她去了美国，她说她很理解《北京遇上西雅图》里面的文佳佳，因为她也是那么过去的。在美国当地的月子中心里，她是学历最高的、唯一会讲英语的女人。

我喜欢她说话的样子，永远乐观、自信，充满对生活的向往和追求。与我一起去的 Z 说，她这样折腾的动力是啥，我说没有啥动力，动力就是剽悍的人生没有理由。

睹物思人

由于工作的关系，我的蜜友大多是女性。我们都是"礼物女郎"，既喜欢买礼物送给对方，也喜欢向对方递上意外的惊喜。

雅弗，我的大学同学，从深圳迁移到上海时，把他们家的跑步机送给我了，并说希望我坚持锻炼。那个跑步机放在家里客厅，好像在随时提醒我：姐们儿，你要好好锻炼，坚持减肥啊。所以每次看到跑步机，我就想起她对我的关心和祝福——健康第一。

我的一个多年的同事 Cassie，曾经在日本进修，有一天，她拿着一双丝袜来找我，说朋友从日本带的，这个丝袜太妖冶了，我穿不出，适合你。啊，我看了一眼，就是那种质地很好的黑色带花纹的丝袜，不是很妖冶啊，为什么穿不出呐？不过还是感谢"斯文女"的慷慨，每次穿起丝袜，我就想起她的祝福——美丽第一。

客厅的书架里放满了各种书籍，其中瑞丽的《伊人风尚》有20多本，是我一个好友兼同事在得知我喜欢服装杂志后委托她的一个时尚圈的朋友订阅。我在每月初都会收到杂志，每次拿着寄来的杂志，我会想到远在美国的同事好友Kandy——关爱第一。

同事好友王姐有一次在巴黎戴高乐机场给我发短信说LONGCHAMP新出了一款黑色的拎包，很好看，并说黑色庄重，适合上班一族，要买给我做生日礼物。每次拎着它在全球商务旅行时，就好像王姐在旁边温柔提醒我——职业第一。

YF是我在南京的同事，我们曾经在一起共事多年，在每个节日来临时，她都会准备一份礼品给我。美丽的羊绒围巾、漂亮的羊皮手套，每次整理这些东西的时候，我都会想到她，她的细心体贴和品位总让我觉得同性的友谊并不是那么不可靠，相反，更加让人觉得温暖和舒服，她的细心和品位总让我想到——友谊第一。

Jessie出差，总给我带几双鞋子，有次吃饭直接拎到饭桌上，一边吃饭一边讨论，引得周围的男人都在看我们。其实包和鞋对于女人的重要性是男人永远无法理解的。而我一直以来的愿望就是像前菲律宾总统夫人那样，打开鞋柜有超过 3000 双以上的美丽鞋子。每次看到这些鞋子，我总会想起——从头到脚，鞋子第一。

这些或大或小、或重或轻的礼物总是能让我想起那些离我或近或远的女朋友，有了她们的爱和关心，我在或明或暗的人生旅途中不再孤单。

读《文明的坐标》2010 年

最近一期的《读者》选登了马未都先生的这篇文章，我在不久前刚拜读了他写的专著《茶当酒集》，《文明的坐标》就出自于这本书。

坦率地说，以我对收藏和博物馆的认识，读马先生的这本专著显然是有点吃力的。第一，我对这个行业不了解、很陌生；第二，那些收藏品与历史有着错综复杂的关系，我对中国历史的了解也几乎全部交给了高中的历史老师，现在的记忆里可以讲得出的中国古代历史少之又少。

我的大学生活全部交给了我的学士学位：阿拉伯语语言文学，可是我现在连纪伯伦的诗歌都背不出来一首。为了谋生，我的时间都献给了忙碌的中华民族的通信事业，我的文学艺术情怀被埋葬得所剩无几。

国庆节陪双方父母去江南，在苏州之行中朋友力荐我们去参观苏州博物馆。苏州博物馆建筑设计很好，而且里面陈设的物品也非常值得一看，爸爸和公公对历史非常感兴趣，于是我们全家在朋友的陪同下欣然前往。

可是令人遗憾的是，当我们驱车穿过拥挤狭长的老街到达博物馆时，才被告之博物馆当天关门休息一天。我们因此错过了参观。去年夏天在伦敦出差，一个周末，我和几个同事去了大英博物馆。说来脸红，去的原因并不是我们真正喜欢或者渴望欣赏，而是因为大英博物馆是免费参观的。

走马观花看了一遍，心中最深刻的感触就是原来我们的祖先拥有的那么多的珍奇在不知不觉中流失到了异国他乡，欧洲国家很早就知道保护自己的文化和文物，而我们看着那些明显的带着中国烙印的玉器和青铜器静静地躺在博物馆里，心中弥漫着无与伦比的遗憾和无奈。

当我们周围的人在拼命着攀比谁拥有的奢侈品更多时，马先生在沉思的是如何将我们祖上的国宝从别的国家的手中"请"回娘家，如何在我们国家建立更多的博物馆，如何将我们的文化传播让更多的国人了解。

2008 年，我带儿子去北京探班在那里出差的老公。北京的朋友来接我们的时候，车里放着中国通史的幼儿版，儿子非常喜欢，着迷地听着，说回来后要买一套学习。我们找遍了深圳的书店也没有看到这套 CD。回来后请北京的朋友给我们邮寄了一套 CD，现在儿子上车必听的就是这套中国通史儿童版。

虽然儿子无法像生活在北京、西安、南京的小孩那样幸运，生活在有着悠久历史的城市，每天耳闻目染历史的遗迹，可是我们可以创造条件，让孩子多读点历史的书籍，多听点历史的知识。如马先生所写，让后来的人知道我们的祖先很早就过上了优雅的生活。因为只有民族的，才是世界的。

国庆节在中山陵游览时候，遇到了南京媒体的采访。记者问："11 月 12 日以后中山陵就要取消门票免费进入了，问我对此有何想法？"我立刻拍手称快说："非常好，早该免费了。这种具有历史纪念意义的地方，本来就不应该收门票的。如果可能，国内这些大型的具有历史意义的展览馆和博物馆都应该免费对外开放，应该让更多的人了解这些历史，因为这是国家的财富。"

大英博物馆是世界上历史最悠久、规模最宏伟的综合性博物馆，是世界上规模最大、最著名的博物馆之一。如果要仔细看的话，一周都看不完，即使这样规模的博物馆，成立 250 年来，都是免费参观的。馆内有募捐箱，维修就靠这些善款和政府资助的。考虑我们国家的实际情况，如果全部免费参观，估计每个博物馆的接待能力是无法承受的。

读了马未都先生的书，我心中涌起了无限的爱国之情和浓烈冲动——畅游各国的博物馆。年初去墨西哥出差，同事建议我去墨西哥人类学博物馆，也是拉美最大的博物馆，坐落在我们的公寓旁边，步行十几分钟的距离。胡主席访问墨西哥还花了一小时去参观该馆。那时还觉得兴趣不大，时隔4个月，我的想法却因为马未都先生的书有了翻天覆地的变化。

也许一本书就是可以影响一个人一生的世界观和价值观。非常感谢马未都先生，他具备了这样的人格魅力和超级影响力。

无需装模作样的低调

一个驻外的区总回国，中午几个同事一起吃饭，席间聊天很开心。他30出头，就被公司提拔为区总，正是春风得意的时候。他也确实是个不可多得的人才。不但才华横溢，精力旺盛，业绩出众，而且与我一样，还有一颗激情跳动的八卦的心，公司上上下下的八卦没有他不清楚的。我们两个在公司分别拥有谷歌和百度的美喻。

一个很不醒目的八卦事件被他惟妙惟肖的语言炒作起来，感觉男女主人公就在眼前。他那种不标准的浙江普通话演绎出来的各种笑话也很有趣味。整个饭局中，我们被他的幽默感染得前仰后合。

他大讲了一番感受和笑话之后，突然很严肃地自言自语：我这个人有点高调，不太好，要低调点。我赶紧鼓励说："不需要，绝对不需要。高调是你的品牌形象，不需要装模作样的低调，不需要委屈自己学习做别人，你也不需要像垂暮之年的人一样不停地反省和自责。你这么年轻，只需要做你自己。"

另外一个在国外长驻的国代回国，我问："最近忙什么？"他笑咪咪地做个鬼脸说："低调，低调。"我看他一眼，作无可奈何的样子。到现在我也不清楚他在干什么，一个年轻的优秀青年，被所谓的流行低调折磨得连个话也说不清楚。

不知道公司什么时候吹起了低调的风，就像吹起情商的风一样。一时间，大家评价一个人总会说：TA 情商很高，言下之意，TA 什么都干不了，只要情商高就是提拔或者受宠的唯一理由和最后总结了。TA 很低调，好像低调也成了成功和被赞许的最优美和最权威的词语。

几年前，我的一个女同事兼同乡，一天上班的路上，看到我的腰上系了一根彩色的腰带，大呼小叫地说："真佩服你，这么粗的腰都敢系腰带。"我很不以为然地说："就是给你看看什么叫超级自信。那就是，腰再粗，就算是水筒，也要系腰带。"说完，我们两个捧腹大笑。

又过了几个月的一天，她再见到我，我当时有点"低调"，穿着一身黑，她问："今天怎么一身黑啊？"我说："低调，低调。"她不以为然笑着说："你这个人天生就是高调的，还装什么低调，搞得四不像，你还是要系腰带，那才是你的独特之处。"听了她的话，我豁然开朗，不再装摸作样地低调了。又开始把自己的姹紫嫣红的衣服都翻出来，把所有的五颜六色的腰带找出来系上。我穿了黑色给人的感觉就是要去火葬场奔丧，绝无一点优雅可谈。

我的一个"80后"小闺蜜，前段时间去国外出差，为了补偿一下自己常年加班赶标书的疲惫身心，在西班牙的大英百货买了一块3000欧元的某品牌的手表。回国后把手伸给我说："郭姐，我买表了。"我看了一眼，相当的漂亮，刚要开始疯狂赞美，美女在一旁低声说："郭姐，低调，我跟别人说这是高仿货。"

美女走后我心想：美女啊，你低调啥啊，你这个表又不是偷的，是你用辛苦工作的工资和补贴赚来的，用自己的血汗钱犒赏一下自己，那是宠爱自己的绝佳方式啊，是很值得骄傲和自豪的事情，为什么要低调呐？当然，如果从安全角度来说，我还是非常赞同的，遇到抢劫的时候一定要跟对方说"这是假货"。

年轻的时喜欢珠宝和首饰，不过没有钱买不起，好在全世界都有 WINDOW SHOPPING（意思是只看不买的"橱窗购物"），到处看看过眼瘾吧。等到能买的起得时候，现在觉得把 3 万元放到股票基金看着上涨更开心啊，当然，跌的时候也心慌呐。现在的想法是，把以前或因虚荣或因喜欢买的手表和珠宝都换成现金、黄金或者基金最好。

人生应该是这样，你喜欢什么，尽管去做就是了，不要想那么多，想多了最后就没有兴趣了。想爱谁就爱，不管 TA 年龄有多大，喜欢就表白，不爱就拉黑。要买什么就买，不管是一次性付清还是分期付款，想吃什么就吃，不管 TA 卡洛里热量是高还是低。

低调的前提是你随时都可以高调。低调是你具备了巴菲特那样的胸怀，公开宣布把自己毕生赚到的钱全部捐赠给慈善机构；低调是你可以拥有比尔盖茨的博爱，暂别公司的主营业务，不计报酬地投入到慈善事业中。

那些年轻的刚刚在工作的跑道上起步或者略有成就的

男女，不需要装模作样把低调挂在嘴上，你只需要做自己。有些东西刻意模仿就是东施效颦，适得其反。

　　当一个人快乐不敢分享，开心无法大笑，装摸作样扮成熟，口是心非装低调的时候，生活还有什么意义呢？所以我想说的是，当我们还没有资本低调的时候，一定要高调地生活，高调地工作，高调地幸福，高调地做自己。

什么样的行为在国外不受欢迎

马蜂窝上有人邀请我回答问题，有哪些行为在国内稀松平常，在国外却是不礼貌的。根据自己多年出差和旅行的经验，简单分享如下：

随地吐痰，随处扔东西。在国内的一线城市已经是被鄙视到极点的行为，在国外也一样被人鄙视。经常看到国内有人随地吐痰、扔纸，有人还从车里吐痰，扔东西。记得在上海读大学的时候，在繁华的南京路淮海路地段，经常有上海老太太跟在随手乱扔东西的人后面要罚款，不知道现在还有没有这样的监管。我觉得这样负责任的老太太如果每隔100米站一个，那上海一定比现在还干净。只要被罚款一次，下次就记住了。

餐厅大声喧哗。这个是在国外很多餐厅都被鄙视的恶习。大部分国内的旅行团都是熙熙攘攘地进饭店，然后成群结队地坐在那里大声说话，这种嘈杂声音影响周围用餐的人。很多当地人用的餐馆安静得只有音乐和碗碟碰撞的声音，没有人的声音。即使是服务员拿东西给你点，客人也是非常轻声地交流。

高铁里手机静音，避免高声交谈。2007 年我与在巴黎的高中同学乘坐高铁去 santa molo，这个时候我的手机响起，我的发小立刻示意去我车厢的连接处接电话。后来她说，当地人的电话都是静音，尤其公共场合，响铃不太礼貌。中午，我们去餐厅，她开始跟我说话，之前我们都是默默地看窗外的风景，车厢里也很安静。这是欧洲国家普遍的文化，入乡随俗，要尊重。

随意插队。在餐厅里排队就餐，一个人排队，点餐的时候几个人过来一起点，这种行为很不礼貌。2017 年我们在意大利排队坐高铁，我们站错了位置，儿子一定跑到正确的线的最后排队，而我的做法经常是向工作人员解释下我的错误，我是外国人不熟悉，然后请工作人员安排我在正确路线的前面。

在机场一定要注意排队，不管队有多长，不要随便插队。2004 年在瑞士日内瓦机场，因为要改签机票，我匆匆拿着机票去柜台，突然感觉后面有人在指指点点我，才意识到匆忙的我忽略了排队，引起排队人的不满，此时，感觉后面有无数个犀利的眼神要把我给扎死了。这次经历终生难忘，不想给祖国丢脸，都不敢说自己是中国人。

在公交车、地铁里抢座位，这个是国内乘坐地铁公交的常态。目前各个国家的公交、地铁都有给老年人和孕妇的特定座位，跟国外一样，但是国内依然会有很多人占用这些给特殊人群的座位。而在国外，即使车厢挤满，这些座位依然是空着。这是一种修养和尊重。给老年人和孕妇或者抱小孩的人让座，在任何一个国家都是受欢迎的行为。

公交地铁，先下后上，这是常识，在任何一个国家通用的。国内人口多，地铁使用密集度很高，比很多国家的地铁拥挤，这个是事实。2017 年我们在意大利的旺季出行，人头攒动的地铁里，依然没有人先拥挤着上车，都是等乘客下车完再上车。

地铁上喝水吃饭在有些国家是要被罚款的。香港的地铁里经常有人拿着盒饭在吃，这种行为在其他国家的地铁，比如新加坡，跟抽烟一样是要被重罚的。2006 年，我带儿子去新加坡和印尼，在等去码头的车站等车，儿子想喝水，然后他想起在香港的地铁里不允许吃喝，就说，妈妈不喝了，要被罚款，上船再喝吧。有些行为习惯从小养成最好了。所以带着孩子到处去旅行，让孩子用眼睛去观察，用心去体验是最好的教育。

在国外的音乐厅听音乐会，如果没有官方的授权，禁止拍照。国内也一样，未经过官方的授权，不可以拍照、拍视频。这个跟现场明星演唱会不一样。也不可以带水带食物进到音乐厅。

博物馆内禁止随便拍照、拍视频。在台湾的故宫博物馆里，工作人员禁止前来观看的人拍照。大英博物馆应该是可以拍照的，梵蒂冈的教堂里有的地方也不允许拍照，这个要看各个博物馆的规定。

在国外超市或者商场的停车场，有残疾人专用的停车位，这些停车位是不可以被占用的，这个算是通识。作为外国人，也不存在礼貌与否，第一次你不知道，别人会原谅你，下次不要再停了，因为那不是你停车的位置。

热爱祖国最好的表现方式之一就是做一个受欢迎的中国游客，让所有国家的人都欢迎中国游客的到来，不仅刺激当地经济，还把中国千年礼仪之邦的文明带到世界各地。

漂洋过海的苦与乐

该出手时就出手

5 月份，去加勒比岛国古巴商务旅行，一位在当地常驻的同事邀请我们到他家吃饭，说他太太做菜手艺很好。说实话，在国外出差，早餐在酒店周围简单完成，中餐在办事处周围快餐店解决，有人邀请晚餐真是格外幸福的事情，而且可以吃中国菜，那可是意外的开心呐。

他的太太不是圈内人，一见面就感觉这个女孩子模样非常大方，开口就爱笑，非常有亲和力。她做了红烧肉和红烧鹌鹑蛋给我们一群人吃。那天吃了很多，以至于我们饭后需要去锻炼身体消化一下。一路走一路聊天，她是北京女孩，在加拿大留学学习服装设计，回国后在广州做服装生意的。后来她的高中同学介绍她认识我的同事，并拜托我的同事给她介绍男朋友，没有想到在互相介绍的过程他们发现了彼此的缘分，并开始相恋，一年后就结婚了。

结婚后，她放弃了在广州的工作，开始成了陪伴老公海外常驻的全职太太。两人看上去很恩爱，我同事在旁边听着，基本不说话，只有我在他们旁边饶有兴趣的问这问那，而那个女孩子也兴高采烈，滔滔不绝地满足着我的好奇，跟我讲了他们的认识过程，最后非常开心地总结说："是我看上他了，就毫不犹豫地追求了，我还比他大一点呢，哈哈。"她的直率，坦诚，心满意足的微笑，让我们之间的距离迅速缩短，并很快成为朋友。

诚然，在幸福的婚姻里，谁追谁并不重要。只要看对眼，就找到了一辈子的幸福。想到我跟老公认识的时候，也是我看上他了，圣诞节舞会相识后，大学闺蜜带着我去复旦找他，可是他跟他的死党到我们学校来找我，我们互相对对方展开攻势，那些助攻我们的人虽然天各一方，很长时间没有见面，但是只要想起那些互相追求的日子，心里充满了温暖和幸福的感觉。美好的旧时光，多么让人怀念。

我周围的女孩子或者说女人，好多都是缺少了主动的勇气，总觉得"先下手为强"这个词是为世界上的男人创造的。其实，在当今"男女各占半边天"的世界里，很多女孩子"犹抱琵琶半遮面"的躲躲闪闪，遇到喜欢的人不敢勇敢表达，以至于错过了人生的黄金时间。比起那些"稳准狠"的勇敢女孩子来说，让别人看不到她们追求幸福生活的诚意。

　　我想大声给那些还在幸福路上苦苦追寻的矜持的女孩子说：如果遇到了自己的真爱，"主动点"吧。

情到深处无怨忧

我的一位在中美洲工作的同事，长得很帅，有点像韩国演员裴永俊。私底下，办公室的几位女同事都戏称他是"少女少妇杀手"，属于那种"人见人爱，花见花开，车见车翻"的万人迷。可是现实生活中的他家庭观念很强，对婚姻非常忠诚，而且有位非常优秀能干的漂亮太太，在加拿大做公务员。

4月份我到巴拿马出差，听说他的太太辞职了，要来巴拿马陪伴他常驻。第二天人就到，同事去接她，约好晚餐时见。在饭店等了半小时，俊男靓女十指紧扣出场了。果然名不虚传，那女孩子身材修长，皮肤白皙，那个腿长得让我这个"超级大象腿"女人羡慕无比。

周末去球场放松，天气非常炎热，同行的只有我们两个是女的，而我们两人又都是誓将"美白进行到底"的"怕黑一族"，所以躲在阴凉的地方聊天，偶尔为几个打球的男同事递水，送饮料，借此来活动一下僵直的四肢。

女孩子从辽宁出来，祖籍上海，高中本科在加拿大读书，后来在牛津读 MBA，毕业后在加拿大政府做公务员，是个基督徒。很健谈，很体贴，也很有礼貌，跟我讲了很多在中加生活的感受。我最想知道是什么原因让她辞去工作毅然决然来巴拿马的。

她娓娓道来过去一年的感受。她在加拿大，我同事在加勒比几个国家之间为了工作而奔波，一年中聚少散多。同事每次经过多伦多机场回国，总是在此停留一晚，晚上8 点到，第二天早晨6 点的飞机离开回国，她总是乘着公共交通从市内去机场，在机场酒店二人见面。由于很久没有见面，大家都是有一句没一句的聊天，我的同事还要忙着与公司总部、代表处联系，整个晚上他不是在开会议电话就是在回邮件，等她困了想睡觉了，同事还在工作。没有浪漫，没有缠绵，只有短暂的相聚，身体在一起了，可是心不知道在哪里。早晨到来，两人 CHECK OUT，然后同事乘坐飞机回国了，她自己坐公车回市区上班。她说在车上，她会伤心得哭。

　　她苦笑着说，明明是堂堂正正的合法夫妻，可是见面的感觉就好像他们是一夜情的情人。同事正处在事业发展的高峰，牺牲他目前的事业去迁就她在加拿大的生活，她于心不忍，他则心有失落。最重要的是两人在一起，她说，我的工作那只是一份工作，无论有多好，比起我后半生的幸福，这个不算什么，至少到六七十岁的时候，我们有很多的共同回忆。她的表情很平静，而且有种如释重负的感觉，那种无怨无悔的样子让我真的很感动，也许就是"情到深处无怨忧"吧。

　　听着她的话，我的眼睛有点湿润。她的话让我想起15年前的我，也是与老公两地分居。老公在 HK 工作读书，我在深圳工作，我们过着"周末夫妻"的生活。他周五晚上回来，周日一早回去 HK，有点像《周渔的火车》。我期待他回来又害怕他回来，期待是因为想念，害怕是担心找不到共同的话题。

　　就这样在经过了无数次伤心的争吵之后，终于熬到了他博士毕业找到工作，开始稳定简单、宁静如水的生活。每个人年轻的时候如果想要浪漫的生活，总是会付出一些代价，包括漂泊的生活和不稳定带来的不安全感。也许这就是成长的代价，也许是生活的一部分经历，如果没有了这个经历也许不会有后来的成熟、冷静、忍耐和坚持。两个相爱的人都希望对方好并且为了对方可以放弃属于自己的自由、职业或者其他。其实这样的爱情故事已经很让人感动了，真心地祝福这对"爱情鸟"能够尽快过上稳定幸福的生活。

外派生涯——去非洲常驻

在给公司外派员工的跨文化培训课程上，几乎所有员工都会问到一个问题：外派到哪里是最合适的，对自己的发展最好？我觉得这个问题因人而异，比较难回答。

首先，要确认选择的权利，公司的外派是按照工作需要分配的，分到哪个片区、哪个国家，事实上不是单向的选择。而你需要做的是在接受分配之后调整自己的心态接受挑战。

其次，要看工作机会是否合适，也就是说你的专业技能是否对应在该区域或者代表处的哪个产品、项目或者岗位上。

第三，要考虑家庭的支持，包括配偶的支持以及子女教育问题。

坦率地说，整个非洲大陆，如果单纯地从生活条件来说，相对于任何其他几个大洲来说都不是一个理想的常驻地区，尤其对于生活在当今中国大城市的各位青年男女来说。

我所指的非洲是内陆非洲，不包括北非、南非以及东非的一些海岸线绵长的非洲国家。埃及类似中国的八九十年代，摩洛哥、突尼斯有点像法国的小镇，肯尼亚被称为非洲的巴黎，当然与真正的巴黎还是有相当的差距，但是至少当地的旅游资源，尤其是著名的野生动物大迁徙令很多人神往。而南非国，你可以把它当做是一个欧洲国家，在约堡的大街上走，你不会感觉是在非洲，而是欧洲的一条大街上。即使是阿尔及利亚和利比亚这样条件和景色稍微逊色一点的地方，也被认为是很催情的地方，成全了公司早年在该地区常驻的几对鸳鸯。

我在 15 年前曾经被公司外派到北非工作过一年。应该说工作的日子很艰苦，主要是气候炎热，生活条件艰苦，物价昂贵，能吃的东西可选择性少。那时候公司规模尚小，提供的各类条件有限。我借住在别的中资公司的招待所里。房子面积大得可以打羽毛球，里面设施简陋得让人感觉回到了早年的大学生宿舍，只有一张床，一个桌子和椅子，还有一个衣柜。

无法想象的是在浴室冲凉，水龙头里出来的水，都是泥土黄颜色的，因为不是直引水而是未经过净化的河水。吃饭也是在招待所的食堂，每天的菜色花样少的可怜，几乎没有选择。

我去见大使的时候，大使都很惊讶地问我：是否得罪了公司的哪个领导，把我一个女同志派到这个国土面积90%以上都是沙漠的贫穷落后的国家，而且气候炎热。苏丹被称为世界火炉，全年常温在50℃以上，生活物资匮乏，被联合国定义为全球最艰苦的国家。停水停电是家常便饭。

苏丹是穆斯林国家，我当时的打扮就是个女穆斯林的样子，脖子上围了个丝绸围巾，露出两只眼睛。太阳大的时候，我带个太阳眼镜，每天坐着当地的出租车，就是那种除了方向盘喇叭不响，其他都响的车。上可以看到天，下可以看到地，门上连玻璃都没有的车，据说是俄罗斯报废了的旧车免费送给当地人的。但是好像很少出事，看来前苏联的汽车质量还是非常有保证的。

虽然天气很热，可是为了尊重当地穆斯林的文化，我只能穿裤子或者长到脚踝的裙子。在近一年的时间里，我都是把自己包得比较严实，所以后来我回国，我当时的上司见到我说，依然是白白嫩嫩，不像从非洲艰苦锻炼回来的，感觉是从美国度假回来的。我当然非常开心地说：乐观的精神必须永远保持，如果我连自己都照顾不好，如何照顾好公司在当地的业务呀。

那个时候，最让我感到自豪的是我们住的别墅门前的发电机。说实话，我从小在城市里长大，以前就没有见过这个玩意。据说在当地非常贵，中等点的价格也要1万美元一台，普通人家用不起，有个发电机放在门口放着，那是富人家的标志，已经是非常幸运和奢侈的事情了。因为有了发电机，停电的时候可以有希望，发电机马上会接着工作。比起那些在黑暗中摸索的穷人来说，我们至少是有期盼的。

我在安哥拉的同事曾经遇到过一周没有水电的生活。苏丹好点，虽然水未净化，可是基本还是有供应，这估计是埃及的尼罗河延伸到喀土穆的好处吧。那时候晚上唯一的乐趣就是在旁边一个意大利人开的冰激凌店吃冷饮。那个店虽然不大，可是装修得很欧化，坐在店里吃冰激凌的时候，恍若在欧洲哈根达斯的某个分店，我们百般无聊的夜晚生活又多了一个走动和消费的地方。

苏丹没有电影院，没有娱乐场，有个德国俱乐部，是当地人建设并管理的，主要是为当地在联合国工作的德国人和来喀土穆工作的德国人建设的，有露天的游泳场，旁边可以喝饮料和吃烧烤。

为了扩大在当地的社交范围，我也认识了很多在当地工作的外国人，很多是联合国的工作人员。他们的家属成立了一个健身协会，在一个很大的没有空调的破旧的二层楼里，有个荷兰籍的女教练在教我们跳健身操。因此，虽然苏丹是"马拉热"的多发地区，可是由于我坚持健身，没有感染过这个病。

也许那时候年轻，对于这些外界的艰苦根本没有感觉。因为每天忙着工作，见客户，发掘市场机会，对周围的环境也不是很敏感。那时候，苏丹的中国人很多，当时中国政府在海外的最大投资就在苏丹，与当地政府、马来和加拿大石油公司联合成立的合资公司在当地非常有名。我也因此认识了一些志同道合的朋友，而在艰苦环境下凝结成的友谊是那么的牢不可催。

2007年下半年，去贝宁参加北非片区会议。会议安排在机场附近的一个酒店，每天晚上90美元，其实就是一个非洲典型的大住宅，里面有很多装饰简陋的大卧室。前台讲法语，虽然有同事在旁边翻译，可是还是用了半小时才把手续办理完。办理完入住，刚进房间，就停电了，于是等着来电去冲凉。电一会儿来了，刚打开水龙头 5 分种停水了。于是在浴室里等水来，停电可以指望发电机，停水了不知道什么时候来水啊。我包着满头的洗发水出来，又热又累又困，在绝望中等待水的到来。好不容易来了水，冲凉完倒头就睡觉了。那些等待来电来水的困难日子里，磨练了日后忍耐的性格。

2009 年我在西班牙出差的时候，在 MSN 上遇到安哥拉的同事，我兴高采烈地跟他炫耀着马德里的阳光灿烂和明媚春光，他半开玩笑地说：亲不要太兴奋，我和你享受的是一样的太阳，至少我们也是在葡萄牙的远方穷亲戚（安哥拉是葡萄牙的殖民地）家里呀。我深深地被他的幽默感染了。

非洲工作生活经历是对人生存能力的挑战，我们自信可以在地球任何一个地方生活，无论是繁华富裕还是萧条贫穷的地方，坦然面对就是一切。我坚信人的一生没有吃不了的苦，也没有享不了的福。生活可以讲究，生活也可以将就。我从小一直比较娇气的，在经历这一年外派非洲生活后，变得非常能够承受。无论是艰苦的环境，折磨人的工作，还是那些不遵守时间观念的当地人。

　　我学会了随时携带手电筒，为了对付随时要断掉的电源。我学会了在没有空调的房间里锻炼身体，近几年国内才开始流行"高温YOGA"，我在10多年前就开始经历了。学会了在没有任何娱乐的情况下，让一颗浮躁的心平静下来面对生活。

斋月里，那一场有惊无险的经历

再过一周斋月就要结束了，办公室里坐在我旁边的摩洛哥籍同事默罕默德，从斋月的第一天 8 月 11 日起斋戒已经 3 周了，每天快到中午时候，他就会有点精神不济。为了帮助他顺利度过斋月，我总是按照惯例安排他下午 2 点左右回酒店休息。一般穆斯林国家斋月期间的工作时间是早七八点到下午两三点。

他在公司工作 10 多年了，是公司最资深的本地员工，在中国工作学习了 7 年，最近从巴西回国公干，赶上了斋月。作为一个虔诚的穆斯林，在第三国而且是个非穆斯林国家经历斋月，我异常佩服他的耐力。

通常穆斯林斋戒的方法是，在莱麦丹月的每天黎明破晓之前进用封斋饭，诚心立意，并从拂晓至黄昏，禁止饮食、房事、输液、吸烟，同时杜绝一切非礼的意念和不宜的行为，直到日落后方能开斋。

1996年初，我刚到迪拜工作的第一周就遇到了斋月。那时候的我，虽然会讲流利的阿拉伯语，熟悉一些伊斯兰教的文化，会读古兰经，可是毕竟是个刚毕业不久的年轻人。第一次出国，对国外生活不熟悉，尤其对于这种宗教气氛比较浓的国家很陌生，在迪拜如香港般开放繁荣的面纱下面到底蕴含了多少神秘的宗教元素，我一点概念也没有。而且书本知识本来跟实际情况相差就很远。

记得刚来的那个周末，我和一个朋友去当地最有名的黄金市场逛街，了解当地文化。那时候是下午5：30左右，逛了十几分钟，我有点口渴，就在旁边的一个饮料店里买了瓶鲜榨果汁，然后一仰头，喝了起来。我的口渴刚解决完，正要前行，就听到旁边警铃大响，我疑惑地问旁边的朋友，这是怎么了，她突然紧张地说："是因为你喝饮料了。"啊，我的真主啊，怎么我喝口水也犯法了啊。当我紧张得不知道如何是好的时候，几个警察已经把我们两个包围了，指指旁边的一个商铺，让我进去，看意思是要跟我问话。

他用英语问我是否是穆斯林，我用阿语回答：不是。其实当时我为了尽快适应当地生活，总是口是心非地逢当地人便说，我是穆斯林，还有穆斯林名字。他又问：是菲律宾人吗，天啊，我皮肤白皙，出身知识分子家庭，气质高雅，怎么说也不应该像个菲佣吧，坚决回答：不是，中国人。他再问，来多久了，我说：不到一周。然后他拿起电话，在跟他的上司请示如何处理我。我断断续续理解他说话的意思：我是异教徒，刚来迪拜，中国人，态度还不错，会讲阿拉伯语言。

然后他放下电话对我和朋友说，你们走吧，下不为例。我们千恩万谢地离开了商店，出来时我才发现自己的腿因为惊吓已经软的动不了了。回到公寓给在大使馆的师兄叙述了发生的一切，师兄说，算你幸运，要是遇到不会讲话的中国人，或者非常虔诚的穆斯林警察，你知道如何处理？我说如何处理，他说：会把你们的头剃光，关在监狱里，等斋月结束后，再放出来。听完师兄的话，我的脊背已经凉透了。

后来因为工作关系我走过了很多的穆斯林国家，才知道自己犯的是斋月期间非常初级的错误。斋月期间的禁忌很多，作为外国人要尊重，比如你可以在饭店买东西，但是不可以堂食，不可以在公共场合上吃，也不容许在公共场合喝水。我有一次在车里喝水，被旁边另外一个车里的人以拳头示威，表示我的行为是可憎的。

斋月里那一场有惊无险的经历让我终生难忘。每到斋月来临，我便会想起今生唯一一次与外国警察的亲密接触，想起我初到国外工作的青涩，想起我在异国他乡徜徉的日子。希望那些即将去中东工作和商务的同事一定注意斋月期间的个人行为，不要重蹈覆辙，与我一样犯这个损害全世界穆斯林兄弟姐妹情感的错误。

巴塞罗那，想说爱你不容易

每次去巴塞之前，总有同事和朋友会羡慕地说：去那么好的地方你真幸福，那是我最想去的胜地。没有去过的人想去，是因为《孤独的星球》的诱惑，只看到这个城市阳光明媚的一方面。凡是去过的人都知道，其实在巴塞，有一个让游客或者商务旅行人士非常不喜欢的因素，就是安全问题。

2009 年参展的第二天，酒店里住我隔壁房间的一个男同事，放在房间的电脑被盗了，去了警察局才知道，来报案的人很多。巴塞的小偷很多，警察叔叔管理有限，这个方面跟深圳差不多。

警察叔叔会很有耐心，面无表情地听完你的哭诉，并将你的口述文件一字不差写下来，让你签字。其实你根本看不懂写的啥，因为他是用西班牙语写的。回国后拿着这个你也看不懂的证明，连同你的旅行证件和出国前买的保险单找保险公司索赔。这就是解决的方法，而丢东西的人只能自认倒霉。

负责联络公司保险的接口人说，保险公司 2 月份的索赔事件很多，因为这个月欧洲的展会最多。那些没有来过欧洲的国人千万不要觉得欧洲的治安好，其实哪里都一样，任何地方都没有绝对的安全。

电脑被盗的同事说，展会的旁边出门走 5 分钟就是个警察局，主要负责展会被盗人员的事件处理。解决的流程就是找保险公司理赔，然后拿着当地警察局的证明去大使馆开证明，办理一次性的旅行证件回国。我们平时都看不起保险公司的代理人，总觉得他们素质低下，只有这个时候才感觉，能给你理赔的保险公司，那是专业的公司呀。

展会第一天，跟同事在奥林匹克港口旁边的北京饭店吃饭时，有个原来的同事过来加入我们的晚餐，就在我们忙碌搬椅子安排座位的时候，我旁边一个同事放在椅子背上的西装被人偷走了，里面现金无数，还有驾照护照等。丢钱包的同事很沮丧，报案后才知道，信用卡也被盗刷了一笔。这次来巴塞，这个餐馆我们都不敢进去，总感觉有心理阴影。

展会第二天，一个客户的家属在外面逛街，结果包被人抢了。我和另外两个同事整天在站台里，连展会的门都没有出过，所以这种情况应该不会遇到，我跟同事互相宽慰着。到了下午噩耗传来：一个男同事的电脑在展台被盗，于是同事看到我上厕所，吃饭都包不离手。同事开玩笑问我带了多少现金，其实我没有带多少，只是屡次听了别人被盗的故事后，我脆弱的神经已经高度紧张了。展会里找了个大塑料袋，把手拎包套上了这才感觉安全很多。

展会第三天，我的一个产品线的女同事在酒店吃早餐，手拎包被偷走了，她很沮丧，当地讲西班牙语的同事陪她报了案。不过看着她精神状况不错，估计情绪已经大大缓解了。

据说巴塞的小偷每年就工作展会这 4 天，基本一年的生活有着落了。因为展会来的客人都比较高端，喜欢拿现金的人也多。最经典的作案方式有三种：

第一种是一群人靠近你，围着你问路，然后偷光你身上带的所有东西。

第二种是一杯咖啡装作不小心洒在你的身上，然后几个人上来帮你擦，最终擦干你身上所有东西。我的一个同事，前年被一群人擦干了所有东西后，去年又遇到了同一帮人，这次同事没有让他们擦了，微笑着对他们说："我自己擦吧，你们休息一下。"因为在展会里，这些人没有敢动粗。

第三种是有人请你帮忙拍照片，然后故意将你拉到没有人的地方，突然几个人过来说，是警察局的，要检查你的证件，你乖乖地拿证件给他们看，这个时候他们会把你的东西全部偷走。这次我的一个斗争经验丰富的同事遇到并揭穿了这个谎言，对那帮人说："好的，我们一起去警察局。"结果这帮人当下溜走了。

我很喜欢巴塞，如果是来这里旅游、购物或者晒太阳。不幸的是，每次来都是为展会工作，展馆里看不到太阳，展会期间没有时间旅游，可以购物的时候，我已经累的双脚无法走路。来了几次，我并没有看到巴塞的精华和全部。但是治安问题在很多情况下，影响了我的情绪。如果巴塞政府可以看得懂中文，体会到我的抱怨，真心希望他们给力地支持下城市的治安。毕竟出门在外，安全是所有人的第一考虑。

学习西班牙语，从 Aqua caliente 始

自从 2007 年开始频繁出差西班牙语国家以来，西班牙语成了我的一个心病。本来想着会讲英语走遍天下都不怕，可是去了这些国家才知道，英语完全没有用，世界上不仅仅是法国人觉得法语是最优美的语言，坚持不讲英语，西班牙及其殖民地的人民也认为西班牙语是世界上最美丽的语言，也不讲英语。

2009 年，我和两个同事在公寓附近的一家当地早餐厅吃早餐，要了面包和腌肉后，叫了一壶英式红茶，因为茶壶很小，我们一人一杯后，水就没有了。我跟服务员说加点热水，没有想到就这么一壶热水，直到我们吃完早餐也没有要到。

我用英语说："请给我一杯热水。"服务生又给我拿了

一壶茶，我说："只要热水。"他迷惑不解地看着我。我的男同事在当地常驻一年多了，他说了一个西班牙词语 aqua，服务生拿了一瓶矿泉水，我同事又说 hot aqua，他就又听不懂了，然后不好意思地说："按摩 nish，Turkish only."我说："English，Arabic only."然后我们互相看着对方，两人加起来可以讲 4 种语言，可是两人都听不懂对方说什么。那时猛然醒悟，世界上最痛苦的事情不是你不会讲哪国语言，而是你们都会几国语言，可是谁也听不懂谁讲啥。

回来之后，我请教了讲西班牙语的同事，热水在西班牙里可以说：Aqua caliente。有了这个词，至少我可以喝热水了。可是，前几天见到了西班牙驻广州总领事，跟他提起这个事情，他解释说，当地人不太用"热水"这个词，只用水这个字。因为有人要"热水"的时候，基本是用来洗澡的。这就是跨文化差异。我是离不开热水的人。

语言学习是需要环境实践和日常锤炼的，还有心态也很重要。那个上次会说一个西班牙语词"Aqua"的同事最近要回国了，他那天很感慨地说：如果从第一天到拉美就开始学习西班牙语，估计现在西班牙语已经很流利了，总想着在当地工作几年就要回国，就依靠旁边那些懂西班牙语的同事协助。5 年过去了，西班牙语还是不会讲，不能不说是个遗憾。其实在整个拉美地区的办事处，每周五下午都会请当地的老师组织大家来学习西班牙语，不过只是没有人从心里深处挑起对学习西班牙语的重视而已。

这次在巴塞罗那出差，租住的公寓旁边有个小的杂货店，我们去买日常用品，店员居然是个中国人，看他流利地用西班牙语跟客户交谈，我们以为他是西班牙的第二代华人。聊天的时候才知道，他刚从福建来西班牙半年。当地有很多类似的工作都是由福建或者青田人做的。他说：其实没有什么，我来这里工作赚钱需要用西班牙语，每天叨叨就会了，不就是一二三四五。

我相信他讲的话，人的潜力是无限的，只要逼，一定会有结果。在很多的时候，我们拥有的潜力只是被心理的懒惰和侥幸淹没了。多年以来，我心里也一直骄傲地认为，我毕业于中国一流的外语学院，联合国的 6 种工作语言我会讲 3 种，语言方面我不需要再进步了。可是那一杯没有喝到的白开水又鼓舞了我学习西班牙语的勇气。也许每个人前进的动力就是要获取那些没有得到的没有搞懂的事情，而不是心满意足地看着自己已经得到的或者已经搞懂的事情。

好好学西班牙语，从 Aqua caliente 开始。

我认识的菲律宾人

在迪拜工作的时候，我的房东是个黎巴嫩人，名字叫纳赛尔。他的同居女友是菲律宾人叫吉娜。他们开了一家鲜花店，鲜花都是从荷兰空运过来的，生意非常兴隆。两人每天起早贪黑地经营着花店，看上去非常恩爱、幸福。后来，我和另外一个菲律宾房客住了进去，我们的交流开始多了。纳赛尔出身于外交世家，他的父亲和爷爷都是黎巴嫩的外交官，母亲也是当地的名门望族，他有 6 个兄弟姐妹，分布在世界各个国家。

纳赛尔的哥哥娶了个中国人，所以他对中国人也很友好，也很喜欢中国人。他与吉娜交往了 6 年，可是他的母亲始终不同意他们结婚，原因是吉娜是菲律宾人。他的母亲对他说："你可以跟世界上任何一个国籍的人结婚，但是不能跟菲律宾人结婚。"纳赛尔非常的孝顺，不敢违背母亲的意愿，但是又不忍心抛弃与他同甘共苦多年的女朋友，就这样绝望地挣扎在对母亲的孝顺和对女友的亏欠之中。

我当时并不理解他母亲为什么这么坚决干涉他娶一个菲律宾人，我想到的唯一的原因是因为在当地菲律宾人多做佣人的原因，感觉社会地位低下。纳赛尔的家族可能无法容忍他娶一个门不当户不对的女孩子。吉娜也为了自己的爱情皈依了伊斯兰教，因为穆斯林是不可以娶异教徒的女人结婚的。"菲佣"这个词在全世界的语言中都是一个固定搭配了，所以，好像在常人的理解和概念中，菲律宾人都是做佣人工作的。菲佣劳务外派确实是该国的经济支柱之一。

但是在迪拜，也有很多菲律宾人从事科技、运输、物流、文职、外贸的工作，大多数受过高等教育，英文流利，这个缘自于美国对该地区的殖民统治，菲律宾也是美国历史上唯一的殖民地。我们小区住着个菲律宾女孩，她父亲是外交官，她从小在马尼拉的国际学校读书，后来在美国和莫桑比克工作学习过，也在马尼拉的 CALL CENTER 工作过，全球 80% 的 CALL CENTER 设立在菲律宾，因为当地英语的普及程度非常高。即使出租车司机也讲流利英语，外国人在此没有任何语言障碍。

后来再跟我的菲律宾室友的交往中，确实感到虽然我们都是亚洲人，不同的地方太多了。首先他们大多是"今朝有酒今朝醉"的人，拿了工资的当天就去还上个月借的钱，然后再问朋友借这个月的开支。而我们中国人拿了工资一定会在银行里先存点才放心，从不提前消费未来的钱，这个跟菲律宾人总是预支未来、活在当下的消费方式完全不同。

不过我必须承认，菲律宾女人很爱干净，家政方面她们确实比我们至少比我勤劳很多。周末在家开 PARTY，他们可以做很多的菜，而且学什么像什么，这也是他们享受生活的一个表现吧。周末他们会聚集在一起吃饭、聊天、开舞会。菲律宾的女人特别会生活，也很懂得如何与异性相处并争取主动权，比起内敛的中国女人来说，他们在性方面要成熟和开放的很多。当地的阿拉伯人很喜欢菲律宾女孩子，很多当地人娶菲律宾女孩做第二个合法妻子。

我的室友说，"菲律宾国内经济不好，工资低，所以他们不得不背井离乡，如果国内的经济好，谁会想去出国呢。"根据纽约时报的报道，2003 年海外打工的菲律宾人寄回国内的收入是 76 亿美元，到了去年，已经增长到了173 美元，达到菲律宾 GDP 的 10% 以上。在世界上，菲律宾排在印度、中国、墨西哥之后，是收到海外侨民汇款的第四大国家。

2004 年我跟两个同事去马尼拉出差。下飞机出了机场，沿着道路两边往市区前行，感觉基础建设很差，跟亚洲四小龙的新加坡和马来西亚的感受完全不同。不过进了市区就觉得跟我去过的亚洲国家里差不多，商业活动繁华，高楼林立。马尼拉的市中心很繁华，餐饮很多，而且价格便宜，味道也接近中国菜。市中心可以看到很多西班牙的建筑遗迹，西班牙对该国有长达 300 多年的殖民统治。

当地的同事晚上带我们出去吃饭，正好路过了当地的红灯区，街道两边涂脂抹粉的女孩子很多，不停地隔着车里的玻璃跟我们抛眉弄眼。我同事一边开车一边开玩笑：你们看看，我在这里生活多不容易嘛，这么多诱惑。我们车上另外一个男同事羡慕地说：如果你这样的生活都叫作不容易，我们情愿天天生活在地狱里。

菲律宾被称为"千岛之国"，大大小小 7000 多个岛。当时我们出差去，只在马尼拉住了一周，并没有去周围的小岛。在我们去之前刚发生了一起著名的爆炸事件，所以在酒店检查很严格，车辆出入连后备箱也要打开检查。在机场出境，甚至把衣服都脱到了只剩下内衣。这个方面我感觉至少警察和海关人员还是恪尽职守的。

8月23日的"菲律宾劫持香港游客事件"再一次把千岛之国推到了全世界的舆论范围之内，这些指责多是针对菲律宾政府对该事件的处理不利。我个人认为，作为菲律宾的普通国民而言，他们是无辜的一方，不应该把政府的无能与普通国民的无辜嫁接在一起来批评和指责。

出差在外，"小弟弟的衣服"要随身带

我在伦敦出差，一个离职的女同事来电给我，说有事情咨询，我问她什么事情，她停顿了一下，说电话里有点不好意思说。我说那等我回去说吧，她说不行，有点着急，我说那请说。她说，这个事情关系到一对夫妻的感情以及家庭前途，问我如何解决？我一听，责任重大，关系别人家庭的，我岂能做了这个主。然后她继续问："目前你们公司外派员工在口岸医院体检之后，医院是否发避孕套？"

妈呀，我去体检的时候医院没有给我啊。不过印象中，以前国内的酒店房间里面都免费放着这个东西，口岸医院作为深圳唯一的出入境体检医院，放点男士专用东西不稀奇吧。于是我问：怎么了。她说：她有个朋友的老公要出国，她在准备老公出国行李时发现了避孕套，问老公为什么要带这个东西。老公答复：口岸医院发的。这个朋友开始怀疑她老公欺骗她，并对其忠诚度打了问号，心里很纠结。于是想问一下去过口岸医院体检的人，这些避孕套是否是医院发放的。

我于是不假思索，非常肯定地对这个前同事说，口岸医院是专门给出国的男同志发避孕套的。作为改革开放的前沿城市，深圳的开放程度在全国是名列第一的。要与国际接轨，相关出入境机构发放避孕套给出国男同志，那是文明的标志，是口岸医院国际化的表现，没有什么值得怀疑和纠结的。

我知道我的权威答复一出去，我的前同事一定会非常开心地告诉她那个心里忐忑不安、为了这个事情睡不着觉的朋友。果然她兴高采烈地说：多谢你精辟的答复，远远超过了我的想象。我松了口气，也不确认我的答复是否拯救了这个家庭，挽救了他们的夫妻关系。但是我知道我做了个善事，就是把这个事情的严重度降低到了几乎是零。

坦率地说，我并不知道口岸医院是否给前来出国体检的男同志发这个东西，但是我知道无论是医院发的还是那个男同志自己带的，至少说明他有自我保护的意识，还是应该小声地赞一下。我听到这个事情的第一个感觉就是，这个女人把老公带避孕套的事情严重化了。其实在我看来，出国带避孕套，就好像猪流感来的时候大家都要戴口罩一样，没有什么大惊小怪的。

据说与祖国隔海相望的台湾女人，如果老公出差，老婆都是亲自给老公准备避孕套的，而且还给它起了个可爱的名字叫作"小弟弟的衣服"。

晚上回公寓吃晚饭，我把这个话题带到了饭桌上。我的男同事支持那个男同志的做法。第一，出国要带避孕套，为了自己的安全，因为在国外一些性疾病蔓延的地方，有面临被感染的危险。第二，尽量避免告诉老婆避孕套是自己带的，一定是医院发的，跟其他正常药品一样，并不是要为自己的猥琐想法做准备的。

同住的"80后"女孩跟我说，她的男朋友在非洲出差时，就带着个口岸医院买的急救包，里面有避孕套。她觉得很正常，为了对付意想不到的事件，准备这些东西是必须的。既然医院将避孕套跟其他急救药品放在了一个包里，说明从医学的角度来讲，它的重要性不亚于其他急救物品，理应平等对待。

一边闻着菜香，一边平静地谈论着避孕套的事情。关爱生命、保护健康是每个家庭成员的责任，和我们吃饭一样重要，但又平常。防患于未然，保护自己本身没有错。我们完全可以像接受新鲜菜品给我们带来的满足和愉悦一样接受避孕套，不管对于自己，对于家人来说都是一份责任和宽容。

环保，从生活点滴开始

在古巴出差的那段时间，有一天在办公室里，当地有个同事说要去市中心修车，我赶紧对着几个前来技术支持的同事说："要不一起过去市区看看，等车修好了，再跟车回来，这样节约汽油，也环保。"我的一个男同事看了我一眼，阴阳怪气地说："大姐，你家底一定很殷实了，这么会精打细算。"让我一时无语。难道你不知道，车上人坐多了，车载重多了，汽油耗费会比空车多吗？此后，在办公室里，我总是被人搞笑称作"家境殷实的大姐"。

在英国出差的一个月，在我们居住的公寓里，周末我和几个同事一起做饭吃。一个男同事在洗菜，水龙头放开了，水这么哗哗的在流，我心疼不已，就问他是否可以拿一个盆子来盛水洗菜？他慢条斯理地跟说：我们公寓的租金是包水的，不管用多少。我反驳说：那也要节约用水，这跟租金包水没有关系。他又说："你不知道英国是水资源很丰富的国家吗。"我说："再丰富，也要节约用水，给那些缺水的地方留着啊。而且英国是全球最早提倡减少碳排放的国家，最支持环保的国家，你为什么就不能支持一下啊？"他笑了笑慢慢地说："我马上要回国了，这最后一次洗菜了，你就不用这么刻薄了。"我的神哪，我坚持环保，他却说我刻薄。

跟我对话的两个男同事都是公司身经百战的"老国际"，是技术专家，在公司总部都受过绿色环保概念的培训，"历览前贤国与家，成由勤俭败由奢"，他们非常清楚，对于企业来说，节能即意味着减少浪费，节约成本。对于国家来说，有助于缓解能源供应和建设压力，同时节约社会资源，更有利于国民经济健康持续发展。

他们也非常清楚，为了迎合客户，在应答客户的标书里，要保证产品的绿色节能和碳释放，保证包装的再回收性比例，保证绿色包装、绿色运输。节能降耗绝不仅仅是昙花一现和口头的表率，而是永恒的话题与行动。可是在现实生活中，他们就把环保忘到了脑后，在夸夸其谈的时候忘记了环保的本质是要从小事情做起。

其实，自从国内超市静止用塑料袋后，我在自己家里也列出了 10 大家庭环保措施，并且每天跟家人一起认真执行。

一、周末不开车，坚持使用地铁和公交车。平时能走路上班就走路上班，而且还锻炼了身体。

二、无论在全球哪里出差，都坚持带自己的环保袋，不用超市的塑料袋，不管是免费的还是付费的。

三、不用办事处的一次性水杯，坚持自己带杯子。

四、看完的杂志给周围的女友轮流借阅，尤其是月刊类的杂志。

五、使用打印机坚持双面打印。

六、电脑一定在睡觉之前关机。

七、减少孩子玩具里使用蓄电池的次数。

八、节假日开车出去，带尽可能多的人。

九、尽可能的少开家里的空调。

十、孩子冲凉后的水，用来冲厕所。

也许女人是环境的动物，比男人更善于随着环境改变而改变自己。可是即使不随着环境改变而改变自己，也要为环境保护做点贡献啊。我真的很想问一句："我拿什么来拯救你们，我的不拘小节，不节约用水、用电、用汽油的男同事们呐？"

国外，短暂"同居"的日子

在国外，办事处有条件的情况下，我们在各国出差喜欢住公司的公寓。原因：第一，公寓有常驻同事一起住，可以帮助我们尽快熟悉当地情况。第二，公司的公寓都坐落在环境优美、交通位置便利的地区，有厨师和食堂，中餐晚餐我们可以吃中国菜，而不需要在换水土的同时又吃一些不习惯的当地菜。第三，网络设备建设好，畅通的网络代表我们可以跟全球的同事和国内的家人保持联系。当然，在公寓住的最大好处是为公司节约差旅费用。

短暂的"同居"生活也可以让你尽快了解一个原来你并不熟悉的同事，增进彼此的友谊并为以后的工作联络做好储备。公司的同事都很清楚，在公司办事人脉很重要，你办事情的成功与否，与你人脉的直径有着密切联系。同时，认识一个新同事，也会让你在孤单想家的出差之旅中有个互相沟通和倾诉的伴侣。

2005 年在美国出差，与海外财务部的同事 KENDY 住在一起。那时美国办事处人少，一个公寓里就我们两人，她住楼上我住楼下。当时公寓房间刚租好，未安装的家具摆满了客厅，我们下班回来就忙着安装家具。直到我离开，这些家具都没有完全安装好。美国人喜欢自己动手做，可是我对拼装游戏一点没有天赋，而且日常生活被深圳的各类便利服务包围，这让我很不适应。多亏她的勤快和动手能力强，才得以让我俩有个完整的床板可以睡觉。

她刚刚买了车，视力不好，有天下班我们两个在本来20 分钟可以回家的路上摸索了近 2 小时。美国的道路跟非洲的差不多，也没有灯，她负责踩油门，我负责看路线，在漆黑的夜晚寻找着回家的路。日子就这样在我们以苦作乐的时光里流逝得很快。

2007 年 11 月，我与同事 M 一起去南非国出差，因为工作的原因，南非办完事情后准备一起去肯尼亚办事处。在此之前不久，听说有中国人被遣返，我们也有点担心这种针对中国人的不友好。肯尼亚是旅游国家，只要办理落地签证即可，当然海关不给签证也是颇有可能。

为了确保顺利入境，我和同事准备假装扮演成度假的革命夫妻，事先我们准备了很多种对话，把各种可能问的问题练习了几遍。到了内罗毕海关，我们分别在不同的官员那里递上护照，事情远比我们想象的简单和没有情调，问我的官员说：holiday？我说：是。问他的官员说：vocation？他回答：是。这样，我们两个一人点了个头，一人说了一个"是"，就顺利过关了。看到假扮革命夫妻闯关成功，我们在去乌干达的路上也依此炮制了一把，顺利过关。回国的飞机上，我们两个开玩笑，并迫不及待地解除了"革命夫妻"的关系。

这次在伦敦又遇到另外一个同事，伦敦 SLOUGH 公寓的男主人 L。L 是重庆男人，是公司在英国的一个项目负责人。英俊潇洒，成熟稳重，工作勤奋，有生活情趣，我和另外两个前来支持的女同事与他"同居"了两周。

我把我们两周的生活总结为"住在印度，吃在四川"，是因为我们的公寓坐落在 SLAUGH 的印巴人居住区，邻居都是印巴人，每天男主人做四川菜给我们吃，日子过得很热闹。"同居"的时间虽然不长，可是我们在一起非常开心。每天白天忙碌上班，下班回来一起做饭，跟在总部上班的感觉一样，朝九晚五。

公寓是个叠拼的三层楼，我们 4 人一人一间房间。每天 L 负责"叫床"——叫 3 个美女起床。到了英国不知道是天气太好，还是我们生活太好，总是有睡不醒的感觉。早晨 L 开车带我们去伦敦 BRENTFORD 办公室上班，因为工作繁忙，L 睡觉比较少。为了避免在开车时睡着，我们让其中一个"80 后"美女坐在前排陪他聊天。这个做法很管用，美女坐在旁边，他精神抖擞，比喝了三杯咖啡还管用。

L 做菜的艺术我看着很佩服，下班回来的路上先带我们去 TESCO 超市买菜，然后回来做饭。我们 4 人分别洗菜、切菜、炒菜、洗碗，分工明确，流程紧凑。看他做菜真是个享受。我一向对厨艺不是很精通，也对厨房的事情没有任何兴趣，可是跟 L 在一起"同居"的日子里，觉得做饭真是一件快乐和享受的事情。

想起几年前一个在德国做人力资源的已婚美女，她回国述职时，把我拉到一边悄悄地说："亲爱的，你要给我做主啊。"我说："怎么了，发生啥事情了？"她说："我每天和不同前来支持的男同事出出进进，德国公寓里的保安和邻居都以为我是做那个生意的。"说着她不好意思看了看旁边。我在旁边偷着乐，赶紧安慰她说："你为了公司业务，不但付出了自己时间和精力，还把个人名誉也搭进去了。放心，你的付出将载入公司历史史册，以后去德国办公区的人民永远不会忘记你的牺牲。"她说："感激没有用啊，只要我老公不要误会就好了。"

这次我们3个美女跟L一个男的进进出出公寓，不知道印巴邻居是否也有疑惑，当然，估计多半是羡慕他的艳福不浅了。两周的日子很快，不久，我们3个女人将各奔其他国家了，一个去西班牙，一个去智利，我则回国，L还将留在伦敦继续他的工作。但是只要想起那些短暂"同居"的日子，我们心里都充满了温暖和快乐的回忆。

意外的满足

　　在上次古巴之行中，还有另外一件事情让我非常难忘。

　　这个事情发生在我离开古巴之前。我在房间等待其他同事一起整理好行李后去 CHECK-OUT。为了享受退房之前的短暂宁静快乐，我把房间门和阳台的推拉门都打开，让海风轻轻地飘进房间，而我的心也在这温暖的和风中变得分外明媚，如同外面的阳光一样。望着窗外的大海，我心里有些许的不忍离去，并开始期待下一次的旅行。蔚蓝的大海，宜人的气候，舒适的酒店，心满意足的人民（古巴人民的幸福度指数在全球名列前茅）。

　　恋恋不舍的我一边整理行李，一边听着电脑里播放的音乐。这时候，一个身穿酒店制服的当地女子过来，她问我是否要退房，我说是。她的英语不是很好，自我介绍是给我打扫房间的工人，我第一反应就是她要问我要小费，急忙去拿钱包。结果，她开始用不流利的英语指着沙发上我的一个放丝袜的袋子说，她的国家没有见到过这个，她的女儿很大了，正在学习跳巴蕾舞，可是他们国家很难买到丝袜，尤其是彩色的丝袜，她一边做手势，一边抬起腿来比划着，一边做出跳芭蕾舞和穿丝袜的动作。我开始明白了她的意思，她想我是否可以把这些袜子送给她女儿。我马上将我袜子袋里的3双彩袜拿出来给她，一双粉色，一双绿色，一双酒红色的。还有一双宝蓝色我正在犹豫是否给她，她已经开始说谢谢并微笑着心满意足的离去了。

在准备这次旅行行李的时候，我带了4双彩袜，本来是想给自己的加勒比之旅留下一些彩色的回忆，可是由于天气以及时间场合的问题，我几乎都没有穿过这几双袜子。没有想到，在要离开这个美丽的国家时候用上了，我带的丝袜满足了一个母亲为自己学习跳舞的女儿而付出的愿望和心血，我已经觉得很开心了，因为这些袜子没有浪费我把它们从千里迢迢的中国带到古巴的辛苦，终于派上了用场。

记得刚到古巴那天，我们问到当地的安全，行政助理说，把行李箱锁好就不会有人动。我这几天几乎是行李全部敞开着放的，有点疲倦的不想收拾，也因为这个，估计那个扫房间的女子才发现我的丝袜，才大胆地问我。我这次助人为乐的快乐远大于我担心酒店扫卫生的女子偷窃我东西的担忧，并觉得我确实为这个美丽却不开放的国家做了一点微不足道的贡献。

建议到古巴旅游和商务的同事带些丝袜送给当地人，你的心里一定会有意外的满足。

节日随感

世上只有妈妈好

——写在母亲节

　　这个世界上最爱我的女人，毫无疑问是我的妈妈。

　　妈妈是教师，后来做了教育管理，她的学生也都很喜欢她，退休之后很多学生与她保持着非常亲密的关系。她人际关系好，乐于付出和帮助他人。

　　妈妈是个急性子的白羊座女人，脾气很大，走路急说话急，但是人很麻利，做事很果断，我的性格里有很多她的影子，都是 DNA 在起作用。

　　妈妈虽然爱生气，但是很少计较，很少见她为了一件不开心的事情茶饭不思，想得开的女人才有未来，这点她做得很好。

　　她跟大多数的女人一样，喜欢吃醋。10 多年前，我爸在香港的初恋情人约我爸在深圳见面，我妈生平第一次对我不满意地看了一眼，质问为啥要给他们见面的机会。我说这么大年纪了，见一面少一面，见几面也干不了啥呀。妈妈很不高兴，觉得我爸爸背着她去见初恋情人，已经不可原谅，还有我这个"助纣为孽"的女儿，她有种被我们联合抛弃的感觉。

妈妈是热爱学习并勇于坚持的女人，每天看电视、各种励志电视剧、情感剧，还会把剧情里的话背给我听。每天读报纸，各种书籍，每天写日记，写下生命中每一天的不同。每次回太原探亲，她会推荐她喜欢的报纸杂志给我。

妈妈因为是三高患者，一直坚持游泳，无论春夏秋冬，从不间断。所以每次回去陪伴她，都是陪着游泳。近几年因为年纪大了，游泳馆都限制高龄的游泳者，妈妈去的次数比较少，这样她也少了一个乐趣。

2020年开始，妈妈的身体状况断崖式下跌，由于常年血压血糖高，导致小脑萎缩，诊断为阿尔兹海默综合症的前期征兆。我每次回家看她，她总说：希望下次回来还能认识你。

2020年4月我在太原家里，我问妈妈，你一生中最艰难的时候是啥时候？她说：没有。我问妈妈：你一生最幸福的时刻是啥时候？她说：现在。我问妈妈：你最爱的人是谁？她说：两个女儿。

　　妈妈具备网红气质，她喜欢看电视专题"向幸福出发"，如果她的身体可以再健康点，她可以去电台或者电视台做个直播节目。

四个男人 伴我前行

——写在父亲节

4个男人，分别是我的父亲、老公、老公的父亲和我的儿子。

我的父亲是把我带到这个世界的男人。人说，父亲是女儿前世的情人，这个我非常赞同。在我成长的岁月里，父亲的性格、形象、学识以及风度，直接影响了我未来对另外一半的选择。网上有人说，不要指望这个世界还会有任何一个男人会像爸爸那样疼你、爱你，无私地奉献给你他的关爱。我毫不怀疑这句话的正确性，父亲是我在这个世界上最爱的男人。在我成长的过程中，因为拥有完整健全的父爱，所以我对男人的理解都是正面的、积极的，这个正面的能量也决定我以后与我异性相处的态度。父亲的爱陪我度过了幸福的少女时光。

儿子的父亲，我的老公，与我共同建立了我们自己的家。记不清哪位名人的微博里说过这样一句话："姑娘，不要再胡思乱想了，世界上最爱你的那个男人已经娶了你的妈妈了。"是，如果说父亲是最爱我的男人，那老公应该至少是在尝试要做最爱我的男人的人。

老公如我的父亲一样儒雅、斯文，有家庭责任心，爱孩子，善待老人，工作努力。结婚10多年来，我们虽然已经进入了"左手摸右手，一点感觉都没有"的平淡状态，可是我们都有信心将"婚姻进行到底"，不温不火的感情让我觉得更加踏实。在我告别父亲、离开故乡、开始大学生活的时候，他在很长时间里成为我生命中最重要的男人。他把我从一个少女变成了少妇，与他在一起的日子，我学会了成熟和忍耐，并学会了如何与另外一半相处。

儿子的到来，给我带来另外一个父亲——老公的父亲。多亏了他和婆婆的照顾，帮助我们度过了初为人父母的艰难时光，也让我们享受到了三代同堂的家庭快乐。老公的妹妹在国外，老公的父亲把我当自己的女儿一样看待，几年来一直陪伴着我们，住在深圳照顾孩子。公公从来都是有求必应，任劳任怨，即使生病住院的时候也天天惦记着孩子，不让我们请假照顾，担心影响我和老公的工作。而我当初与婆婆之间的诸多磨合，也多亏了公公的及时周旋，他帮助我们把三口之家的快乐升级到五口之家的快乐，他把我从一个任性的已婚女人变成了一个懂道理的儿媳妇。

我的儿子，他将来有一天也会成为别人的父亲。他的到来让我体会到什么叫责任、容忍，他的出生让我感觉女人最大的快乐是为人母亲。希望他能像我的父亲、老公、公公一样，做个好男人、好老公、好父亲。儿子现在的偶像是他的父亲，完整健全的父子关系一定会对他的未来生活有积极正面的影响。希望他快乐健康，成为对社会有用的人才。

生命中的 4 个男人在我生活的不同时期起了不同的作用，拥有了他们的爱，我对未来充满了憧憬和信心。

与孩子谈爱的节日

——写在情人节

情人节是给情人的，对于上了年纪的中年妇女，情人节是看别人过的，别人的鲜花，别人的巧克力，还有别人的爱情故事。我更愿意的是在这样一个浪漫的日子，跟儿子谈谈他的爱情，他的未来。

儿子初三的上半学期末，有天中午老公电话给我，神秘兮兮地说，有个事情要跟我说，希望我克制情绪，不要生气。我说不会的，你说。他还不放心，我必须向他保证不生气才告诉我。我说，我保证。其实心里有点紧张，不知道是什么意外的事情。他说：儿子好像谈恋爱了，无意中看到儿子的QQ里有亲密的称呼。我一听乐了并跟他说，我儿子有女朋友了，是好事情啊，我很高兴，我以为是你有女朋友了，那我可是真要生气了。老公又叮嘱我，不要让儿子知道我们知道这个事情了。

晚上我迫不及待地跟儿子摊牌了这个事情，儿子很意外，紧张地看我一眼说："我本来想考试完告诉你们，你们已经知道了。"然后一脸无辜地看着我。我立刻安慰孩子，"宝贝，我不是责怪你而是来关心和恭喜你的。有女孩子喜欢你，被人喜欢说明你很帅啊。其次，喜欢你的是女孩子，说明你的性取向是正常的。最后，不能影响学习，其他的事情你自己处理。"然后我离开房间，儿子睡觉了。

这个事情后来的发展是，他和喜欢他的女孩子自然分手了。我没有问原因，因为已经不重要。作为父母，在他遇到新生而敏感的问题时，告诉他我们对这件事情的观点和建议就可以了，我不反对也不支持，顺其自然就好。我从来不避讳跟孩子谈爱情，相反，只要是与人性相关的事情，我认为孩子知道得越早越好。

春节前夕，与儿子同学一家吃饭，谈到高二阶段学习很紧张，又谈到了校园恋情，孩子说他们班里都有，于是我又再次表达了我对孩子择偶的一些观点：

第一，千古不变的门当户对原则，我们不攀比大富大贵的人家，找一个与我们三观相同、经济状况不相上下的中产家庭就可以了。

第二，最好找个深圳二代媳妇，避免双方原生家庭隔得太远，春节期间为了回婆家还是回娘家选择纠结，避免像我现在，人到中年，节假日都奔波在自己家和婆家娘家的飞机高铁上。

第三，女孩子一定要经济独立，有自己的工作和爱好，保证以后的婚姻不会因为一方的经济不独立导致双方没有共同语言。

儿子同学妈妈说我是潮州老奶奶的观念，现在的孩子不按照你的套路来。而我认为，环境经历对人的影响太大了，在婚姻这个千古不变的社会存在形式里，我坚持我的传统观点，并随时接受孩子在未来的任性套路。

快乐的单身日子

——写在光棍节

一大早在办公室里，我在 IM 上开会，"80 后"小闺蜜跟我说："郭姐，今天是光棍节，我是光棍姐"。我一看笑得眼泪都出来了。与我一起上班的闺蜜今天也在车上说：今天是 11 月 11 日，著名的光棍节，我今天晚上要参加光棍派队啊。我这才知道原来 11 月 11 日是个节日——著名的光棍节。

虽然我自己并没有过很长的光棍生活，被爱情冲昏头脑的我们急急忙忙冲进了围城。所以我的光棍生活经历有限，只是老公当时在 HK 读书、我在深圳工作的时候，有一段时间的围城内光棍生活。

光棍的生活是自由的，可以不用按时回家，去跟朋友约会吃饭逛街，可以不用接送孩子，可以不用想着家里的那些琐碎事情，爱去哪里就去哪里，想去多久就去多久。

光棍的生活也是寂寞的，无聊的，因为没有了牵挂，经常会有无所事事，有找不到北的感觉。我的几个女光棍朋友基本都是以血拼、美容按摩、看电影、旅游来解决自己的空虚和寂寞。

光棍时光里的周末时间，我总是在下午就开始憧憬晚上做什么，是去跳舞还是卡拉 OK，是去海边烧烤还是约朋友去看电影，是购物还是去按摩，总之周末的下午，我总是希望在晚上安排更多的活动，好让我被忙碌的活动全部占满，不无聊，不孤单。

后来有了孩子，开始真正的围城生活，我再也不期待和幻想周末的生活，因为内心深处，每天都跟周末一样：回家看孩子。周末与一周的每天一样，平静而没有期待却充实幸福。

下班回来，冲凉完毕坐在客厅，带着孩子看电视，给他看书，跟他玩游戏，陪他说话。有人来约我出去，我都心不在焉的，耳边还想着孩子的声音。

不过我周围的光棍比较多，尤其是女光棍。有的是还没有进围城的，也有的是冲出围城的，套用时下最流行的一句话就是：有的人忙单身，有的人忙结束单身。晚上下班时，几个新员工说去过节了，找个节日的借口宠爱下自己。我想这才是这个节日的意义吧。

借用中国移动一个短信来结束此文：今天是光棍节，祝已成婚的"双截棍"万事如意，恋爱中的"相思棍"幸福甜蜜，还单身的"独竿棍"前程似锦，无论大棍，小棍，男棍，女棍，棍棍快乐。

当婚姻已经成习惯

——写在七夕

利用周末时间回太原，顺便接回在那里过暑假的儿子。到家才知道父亲因为高血压住院，于是请了几天年休假陪父母住几天。事实上，我已经多年没有与父母在一起亲密生活过。所谓的亲密生活，就是从早到晚都在一起，一日三餐都在一起。

父亲住院，早晨基本在医院输液，下午去看中医或者回来休息，几天的时间我和妹妹轮流陪伴着。这个时候我会想，如果爸妈有个儿子，我们有个兄弟该多好，或者我们有五六个子女，可以轮流照顾老人该多好，心中无比羡慕那些兄弟姊妹多的大家庭。

我希望我有着三头六臂，可以一边陪父亲，一边照顾孩子，一边帮母亲做下饭，虽然我并不是个爱做饭会做饭的能干女人。我会忍不住脑补下将来儿子长大后要面临双方老人的压力，他该如何面对。我会对一直以来都支持的一对夫妻只生一个好的国家计划生育政策产生怀疑和不满。

父亲对这次住院还比较乐观，母亲有点唉声叹气。叹气是因为母亲认为父亲在如此高龄的年纪（72岁）不应该再去工作了。父亲2003年退休后一直在作文周刊社当编审，这个工作是他多年以来一直喜欢的，也是他退休后生活的一个很大乐趣和精神支柱。每天去报社上班，对于爸爸来说就好像教徒去朝圣一样，一天不可少，每天都惦记，这种高度自律的精神也遗传给了我。

从我家到报社的距离，父亲每天要骑车50分钟左右，这对一个70多岁的老人是个巨大无比的考验，尤其在炎热的七八月份和寒冷的一二月份。我们提出开车送他，或者打车，但是他坚持认为：人是"动"物，要运动、移动、走动。父亲坚持认为，这个工作带给他的乐趣远远超过了每天审核稿件以及上下班路途遥远带来的辛苦，他不愿意放弃。

在父母的婚姻中，我已经有点辨认不清到底是谁在这个家里作主，好像都是，又好像都不是。在很多事情上，母亲有着强烈的支配权力，可是唯独在父亲的工作上，他非常坚持。作为女儿，我的心里只有一个想法，父母年纪大了，他们有权利选择自己的生活方式，有权利决定做有兴趣的事情。支持他们按照自己想要的方式生活，就是我对他们最大的孝顺。我一直认为，婚姻中一方给予另外一方最大的幸福和安慰就是自由。

年轻的时候，母亲因为工作忙碌，非常任性脾气很差，父亲总是温和地劝说从来不与争执。记得有次，父亲穿了件母亲亲自编织的毛裤，在学校里被其他老师笑话，说一条裤子长，一条裤子短。父亲回到家谈起此事情，母亲解释说是因为她不忍心剪断即将编织完的毛线，才导致了两条裤腿的长短不一。而父亲开玩笑说：他从不怀疑母亲的编织技巧，而在怀疑自己的腿是否一个长，一个短。这个理由搞得全家都笑了。父亲就是以这样的胸怀和乐观来感染了整个家庭的氛围，所以母亲总说我和妹妹是父亲的"小棉袄""小情人"，常常护着父亲。

父亲总说，婚姻就是上帝派了一个跟你吵架的人。我觉得父亲的观点有点消极，但是据最权威的心理测试得出的结论：即使是最恩爱的夫妻，一生也有50次离婚的想法和200次想掐死对方的冲动。这样说来，父亲的消极至少避免了与母亲离婚或者掐死母亲而造成我和妹妹成为单亲孩子的悲剧，他的消极至少承认了婚姻中的夫妻争吵是漫长家庭生活的一种被动调味品。

　　更多的时候，婚姻里的很多事情无法用常人认为的理由来解释，如同年轻时候，父亲对母亲任性的迁就，如同晚年时候，父亲对这份工作的固执和狂热。在这个浪漫的七夕之夜，写下对父母的浓浓思念之情，但愿他们恩爱到永远，相伴到永远。

被追过，被甩过，至少被爱过

——写在愚人节

4 月 1 日愚人节那天，几个熟悉的同事 NOTES 上 IM 的后缀都统一写成了："听说 Mr. J 5 月份要摆酒？" Mr. J 何许人也？他是公司一位资深的人力资源总监，如果换个规模小点的公司，他应该提拔为主管人事的副总裁了。可惜大公司里人力资源人才的职业发展阶梯并不宽广，他在一个岗位上做了 10 多年了，跟他配合的人换了几茬，可是他依然在总部大楼的办公室里，如青松翠柏一样傲然挺立。

我在大楼里见到他的时候，总是低头弯腰毕恭毕敬的叫他"J 总，您好"，以表明我对他的敬重和佩服。公司的红头文件任命无法体现他的真实价值，在我心里，他在公司内部人力资源业界的地位坚如磐石。

为什么大家如此关心他的婚事，是因为目前公司几万人没有人知道他的婚姻状态，八卦新闻里，他的婚姻状态一直是个谜。有人说结了，有人说结过了，有人说离了，有人说他经常从 HK 带奶粉，怀疑是奉子成婚了……MR. J 自己总说，还没有，还没有。他越不说，大家越关心。大家越关心，他越不说。

不知道什么原因他总是忌讳提及自己的婚姻状态，感觉他像刘德华、张学友一样在玩隐婚，好像很怕粉丝知道自己已婚的事情而失去粉丝的支持。其实私下里我们嘀咕：公司是高科技企业，又不是娱乐公司，我们靠实力生存又不是靠隐婚而提高支持率，这有什么关系啊？他的非正常反应令我们很意外，当然也很好奇。

MR. D 是个年轻的人力资源经理，前几天来找我，男孩子长得很帅，脸上总挂着天使般灿烂的笑容，如果再年轻十几岁，我估计也加入那些美女的行列，成为他的粉丝，天天对着他像花痴一样的傻笑。他坦诚地跟我说起他的爱情故事：最近有个女孩在跟他谈恋爱，要跟他闪婚，他问我的意见。我以老大姐的身份语重心长地对他说出我的看法：结婚是理智的选择，不是冲动的游戏，我建议他三思而后行。他说女孩子想结婚，他好像找不到拒绝的理由，因为他也很喜欢女孩子。

他说在过去的几年里，被追过，被甩过，至少被爱过，充分享受了爱的酸甜苦辣，因此心态很淡定。女孩子想闪婚，他想闪到一边，冷静考虑一下。他的坦率，让我想起了 Mr. J 的闪烁，虽然两人年龄相差 10 多岁，但是对人生的态度相差不是 10 多年。难道只是年龄的问题导致对爱情和婚姻的态度，还是因为确实性格的差异造就了做同样工作的人思维方式如此不同。

男孩子解释说，他对婚姻的慎重是因为他的父母经常吵架，导致他对婚姻有点发怵。他说，他的母亲在他家门前的小河自杀了不止 500 次，如果有人要救的话，她就会跳两次。另我惊讶的是，他说话的时候笑眯眯的，充满了调侃和无奈。可以看出，父母婚姻的不和谐对他有负面影响，但是绝对没有让他对婚姻绝望。反而感觉在他的婚姻中，他会保护自己的另外一半不以跳河或者跳楼的方式来证明婚姻的存在。

愚人节的故事只是用来愚昧人的，也许到了 5 月份，MR. J 还是待字闺中，而 MR. D 可能真的要摆酒了？五一快到了吗？

天使在人间

9 岁男孩的交通体验

在甬杭线特大交通事故发生的同一天，儿子在外婆、小姨和表哥的陪伴下从广州乘坐特快回太原过暑假。我和老公从深圳开车送他们去广州火车站，知道自己又要坐长途火车了，儿子很开心。这是他第二次乘坐长途火车，第一次是在 2008 年带他去江西婺源旅游，不同的是，那次只有一晚上，这次一天一夜，那次是硬卧，这次是软卧。

不知道从什么时候起，坐长途火车旅游或者探亲成了我们可望而不可及的事情。不好意思的是，到处走南闯北的我还没有坐过软卧，乘坐长途火车的记忆被留在了大学寒暑假期往返太原与上海的普通硬座车厢里了。大学毕业后几乎没有乘坐过长途火车，大多数的旅行是在长途飞机上度过。长途飞机与长途火车相比，一方面飞机飞行有时差，另一方面因为机舱空间狭小，无法完全躺在机舱座位，飞机起飞降落气压大，所以不是个令人愉悦和放松的事情。偶尔航空公司开恩升几次商务舱，但是也不是那种可以完全躺倒放松身体的感觉，导致我的腰肌劳损严重。

我们刚上返程的广深高速，儿子的电话来了：老妈，你没有坐过软卧，真是太遗憾了，有电视空调，很舒服呐。我听着心里放心了，儿子的适应能力强，与我一样一点不娇气，到哪里都觉得开心。典型的双子座，喜欢新鲜刺激。想起第一次带他坐火车，他开心得不得了，说："火车真好，可以睡觉，可以吃饭，卧铺是三层的。"他喜欢上上下下爬，到处走动并与旁边的小朋友互动。那次旅行后，他爱上了火车游。

虽然说"和谐号"在广深运行已经多年了，我们居然一次都没有带孩子坐过。从深圳到广州的交通方式从来都是默认自驾。有的时候越是触手可及的体验，越因为太近而失去了体验的兴趣，正如我们番禺广州之游只在今年春节父母来深过年时体验一次，虽然开车经过多次，虽然只要一小时车程。

石家庄到太原的动车上，儿子又来电话了：妈妈，动车真好，很快，一小时就到太原了。我因为听了新闻报道动车相撞的惨剧，心里一点高兴不起来，只是敷衍着：恩，小心点，坐在自己位子上。如果不是这次特大交通事故，我还是很向往乘坐动车的感觉。从太原回深圳，问他选择火车还是飞机，他说飞机。因为候机厅舒服，他说石家庄火车站太小太脏了，没有空调空气不好，候车室没有明显的标志给小孩子和老人的专用区域。儿子虽然小，但是他有自己的选择标准。

去年暑假末期带全家去河北旅游。从秦皇岛到唐山的路上，我们选择了长途大巴，坦率地说，秦皇岛的机场虽然袖珍，是我见过的国内最小的机场，但是至少干净整洁，井然有序。可是大巴站的脏和乱又加上下着小雨，跟这个城市的美丽传说实在是无法匹配。儿子当时想上厕所，结果进去说空气很臭他要吐了。大巴离开时，儿子隔着大巴的玻璃挥着手说：再也不想来这个地方了，因为太臭了。

儿子5岁的时候，我带他去乘坐公交车并问他，喜欢坐公交车还是自己家车，他说喜欢坐自己家的车，因为坐自己家的车不用买票，我被他的回答笑得前仰后合。前不久再问同样的问题，儿子回答不一样了：各有好处，自己家车也要花钱买，还要汽油费用停车费用，公交车便宜而且环保。看来儿子确实长大了几岁，思维成熟了，看问题的角度也不一样了。

儿子6岁时带他去新加坡和印尼，那次他体验到了新加坡地铁的干净、方便，也领教了当地地铁管理的严格，因为地铁里不让吃东西，甚至不容许喝水。以至于我们有一天早晨匆匆出来时，手里拿着早餐等公交车，儿子在公交车站还战战兢兢地问：是否可以拿食物在路边等公交车，要不要被摄像或者罚款？

细心的他发现地铁里带有残疾人和老人的标志的位子有人坐的时候，会小声说：这个是给老人用的，他们是违法的。在儿子纯洁的心里，任何不对的事情都是违法的。我则安慰他：我们管好自己就可以了，这些人会受到道德的惩罚。现在在任何城市的地铁里，只要看到有老人或者残疾人标志的位子，儿子从来都不会坐。

从新加坡到印尼的快艇上，儿子有点晕吐，平时从深圳到香港的船上，儿子也会有点晕吐，所以这个海上交通方式让儿子不是特别的兴奋，因为他不舒服。他会不停地问，"妈妈，什么时候到啊。可以下去游泳吗，游泳能到吗?"幸好我们平日出行的海陆空三种方式里,用的最少的是海上交通。

有人说女孩子一定要多旅行,这样长见识,以后就不会因为一块蛋糕就给人家轻易搞定。我内心的想法是,儿子长大要成为用一块蛋糕就可以搞定自己喜欢的女孩子的男孩,因为这样的男人一定是生活阅历丰富、内心充实而且有自己善恶标准的品质男人。

儿子的童言童语

3岁时，我们带儿子去大梅沙海边玩沙子，吃完午饭回家。高速公路上，老公说，"堃堃，把安全带系上，上高速了。"儿子说："不系，我要睡觉。"然后躺在后座上。老公说："睡觉也要系上安全带。"儿子说："爸爸，难道你晚上躺在床上睡觉你也要系安全带吗?"我跟老公无语。

4岁时，带他坐公交车，我问他，"乘坐公交车好还是自己家的车好。"他说："乘坐自己家的车好，因为自己家的车不用买票。"

5岁时，在幼儿园里，老师上课提问："请问你是爸爸妈妈的什么? 老师给出的可选答案是儿子、孙子、外孙子。儿子响亮地回答："爱情的结晶。"

6岁时，上小学了，班主任刘老师是儿子最敬畏的人。他有时候不听话，我总会说："你再这样，我就给刘老师打电话了。"儿子反驳说："你总是喜欢狐假虎威，用刘老师的威风来欺压我。"我马上道歉，并安慰他说，"我并不是刘老师背后的狐狸。"

7岁时，我约闺蜜吃饭，其间免不了数落老公的不是："这个老男人……"我刚开始说，儿子说："妈妈可以打断一下吗？"我说："可以。"他说："我想问一下，你跟爸爸是同岁吧。"我说："是啊。"他说："你说爸爸是老男人，你是不是老女人啊。"我赶紧说："抱歉，我刚才是说一个我不喜欢的老男人，爸爸是我最亲爱的人。"他说："这还差不多。"

8岁时，儿子脖子短，我总开玩笑说："一个没有脖子的孩子，好难看啊。"他说："妈妈，我是你生的，我是遗传你的一切了，你的脖子也短，是不是小时候也经常有人说你很难看啊。"我赶紧闭嘴。

平常周末带他出去，为了环保，我带他乘坐公交车。他说为什么不开车，我说为了节约汽油、省钱。他问："钱重要还是儿子重要。"我说："当然是儿子重要。"他说："那儿子这么重要，要开车，不坐公交车。"我又说："为了环保。"他说："环保和儿子哪个重要。"我说："都重要。"他说："那就是说环保和儿子都比钱重要，是吗？"我哭笑不得了。

儿子想养狗，难为了老妈

　　儿子在同学家排练升旗仪式，仅仅一个周末的时间，爱上了同学家的狗。我从北京出差回来，儿子很严肃地跟我说：妈妈，我每天写完作业很孤单，想养一条狗。我的脸色很不自然，心里想，养你我都感觉辛苦，再养个宠物，我看我就不要上班了。

　　儿子立刻补充说：我知道你不喜欢动物，不过我要自己养，你不用管。我说，那狗来了之后，我无法在家里住了。儿子说：你在外面租个房子吧，每天回来看我一下就可以了。我好伤心，原来我在儿子心里连个宠物都不如啊。

　　儿子的这个要求让我痛苦了几天。熟悉我的人都知道，我是极其不喜欢动物的人，狗猫之类的宠物，我看了都躲着走。这是有点祖传的毛病，我们家和老公家祖上三辈都不喜欢这个，记忆里我就没有在我们家或者哪个亲戚家看过这些东西。

跟旅居意大利的大学闺蜜微信上谈这个事情，她哈哈大笑："你不喜欢宠物，我都知道，我们家的猫把你吓得都不去我家。"记忆中上大学的时候，周末住在大学闺蜜家，半夜里他们家的猫在地板上来回走，还上我们睡觉的床，吓得我一晚上睡不着觉。后来她把猫放到另外一个房间，我才睡了2小时。我问："猫怎么样了？"她很难过地说："它死了，活了十几年，死时候冰清玉洁，守身如玉。一辈子处女啊。"我笑死了说："多好的一只猫啊。"不过对我而言，无论品行道德多么优质的宠物，对我而言就一个字：怕。

即使去肯尼亚马塞马拉国家动物园去看动物大迁徙，当一起同去的同事看到壮观的景象欢呼跳跃、狂呼乱叫的时候，我居然在观看动物的车里睡着了，以至于同事取笑我说：估计老虎狮子吃了你，你还躺在他们怀里打呼噜。我说：有可能。像我这样看到动物就睡觉的人估计也很少见，我确实是对各种动物都没有兴趣的人。

儿子提出了要求，我小声问老公：怎么办？老公问我：你想吗？我说，不想，坚决不想。老公说，那就直接跟儿子说吧。可是我说，看上去儿子很喜欢，也很坚决。我们一向在家里创造民主的氛围，基本不跟儿子说"不"，总是把问题拿出来一起讨论。这个事情我当然也不能强迫儿子接受我的观点，至少要跟儿子沟通一下利弊啊。

周末带儿子去小区旁边的宠物医院，让儿子自己先询问情况。宠物医院的阿姨很有爱心，耐心地跟儿子说："养狗是一件不小的事情，狗跟人一样，也有自己的性格和习惯。而且一般狗要活 10 年左右，万一以后老了死了之后，对人的打击伤害也很大。因为狗通人性，所以想要养狗的人也要有心理准备。"儿子听了，似懂非懂地说再考虑一下。这样又混过了一周。

几天过去了，儿子又开始兴奋了，说要到超市看狗粮。还自己研究了下怎么给狗吃，都是哪些国家进口过来的。我带他去了 SAM 会员店宠物食品专区。

我问了儿子养狗同学的妈妈，这些狗哪里来的，她说有的是朋友送的，有的是自己买的。公司网上有同事去外地工作，要送两只狗给人养，同事转发邮件给我，我都不敢问，也不知道如何问。因为这些东西看着我都害怕，怎么敢去拿啊。

儿子每过几天跟我提这个事情，又碰上老公出差印度，老公出差之前留下话，先把家里的几只金鱼养好，回来再讨论。儿子这几天满怀希望，严肃认真地在养金鱼。以至于有天晚上睡下了，他突然想起还没有喂食，又穿上睡衣起来去喂。那种认真的态度让我害怕。上周金鱼死了一只，我让扫卫生的阿姨把它处理了。我再一次严肃地对儿子说，"要尊重珍惜生命，已经死了一只了，如果再有伤亡，就不要再养狗了。"儿子满脸难过的表情说："好的，妈妈。"

为了缓解儿子渴望养狗这个事情给我带来的压力，并把注意力转移一下。我跟儿子说，"养狗还需要有露台的房子，我们要养狗需要换个带大露台的房子。"儿子这几天非常关心房地产价格，每天都问我们家房子涨了没有，是否可以换个有大露台的房子。我说："可以，等爸爸回来，我们就跟爸爸商量。"

远在印度出差的可怜老公是否知道，等过几天回来，儿子要跟他谈的不是能否养狗的问题，而是要跟他谈卖掉我们家房子的事情呐。想到这里，我对老公很内疚，他估计也想不明白，不知道为什么这么一条小小的狗，会让他回来要面临无处栖身的难题。

家庭教育决定孩子的未来

把孩子培养成平凡而快乐的人

相对于我在内地生活工作的同学，我属于晚育的模范；相对于在全球全国一线城市打拼的同学和朋友，我属于平均水平。所以我对孩子的教育也属于后知后觉型的，一直以来的想法是：学习很重要，但是性格和见识更重要。

6 月 24、25 日两天，是深圳中考的日子。之前有人跟我说起这些中考高考的事情，我总是说：瞎着急啥，那是孩子自己的事情，你着急有用吗？今天这种瞎着急轮到我了，我只想说，我不是瞎着急，我是真着急。

深圳的中考比高考难，家里有孩子在深圳中考的家长都深有体会。考深圳的四大比考重点本科难三倍。只有52%的初中生可以考上普通公立高中，2017 年深圳考生考上四大名校的比例只有 6.12%，这比深圳今年高考重本率

23.82%都低了近 3 倍。这个还是计算了实验中学部、深外龙华校区、高级东校区，否则比率更低，只有 4.59%。

终于尘埃落定的时候，才有时间回忆下中考的过程。从今年 1 月份，我专门为儿子的中考做了手账，以确保在他人生最重要的时期之一，作为父母不要错过什么。以后回忆起来，各种滋味。手账记载了他每次考试的成绩，模拟考试的成绩，以及各类竞赛，还有各种活动的细节，体育的考试要求，英语口语考试、笔试的成绩，各种五花八门的单科考试成绩。

我是没有时间也没有精力做虎妈的人，一直以来繁忙的工作令我回到家除了想躺在床上休息，已经没有能力再想其他的事情了。我一贯的观点，做好孩子的榜样是最重要的，我努力工作，努力学习，努力提升自己，努力为他提供一切他需要的物质、经济、精神支持，这就是我的职责。他看到我努力的样子，一定会更努力。

儿子也不是要励志成为学霸的那种学生，他的行为与我们的教育方式有很大关系。老公因为读书太多，有点抗拒情绪，因此对儿子的要求是：成绩及格就可以了，要多接触社会要多见识，这些都很重要。所以我们并没有安排他做太多的课外学习。但是经常带着他去旅行，去看世界，鼓励他多接触社会，多体验跨文化的生活。他也完全不喜欢补习这个词。

他思维活跃，性格活泼，伶牙俐齿，从小学到初中，没有参加过任何补习班，他认为补习是给成绩落后的学生设立的，他的成绩不错，不用补习。我一再强调：天外有天，楼外有楼，要虚心学习。直到初三后半学期，他才在学而思网校读了数学课，但是很奇怪，有数学博士爸爸做导师，又在网上补习了半年数学，他的数学考得很一般。所以这个层面来说，补习也不是一个最有成效的选择。

每次我跟儿子老生常谈："你要好好学习，要不以后考不上个好大学。"儿子总是青春期澎湃的样子反驳我："妈妈，如果连我们学校的学生都考不上大学，这是中国教育制度的失败。"嗯，儿子为何如此骄傲，是因为他对母校的高度认可和热爱。名校的力量和影响力是无穷的，无论在小学阶段，初中阶段，高中阶段，大学阶段。平台很重要，因为是名校，老师也优秀，因为优秀的人在一起，团队整体层次高，培养的学生也不会差。这个观念很重要，所以为什么一线城市的学区房子贵，为啥我的同事要花600多万买60多平方米、楼龄已经超过20年的百花小区的房子。

管理儿子的课后生活。学校一直强调，九年制义务教育，父母是孩子成长的核心，父母是孩子最好的老师，我特别认同。每当有家长跟我抱怨老师不负责任的时候，我总是自我反省：我做得比孩子的老师更好吗？如果没有，那不要责怪老师，你是孩子的父母，你都不管孩子，为啥希望一个与你孩子没有血缘关系的老师为你的孩子负责任呐。

我的数理化水平是无法辅导一个初中生的，说到这点，我就无地自容。儿子的数理化书我基本看不懂。术业有专攻，我很有天赋的文科类课程，比如语文作文、英语听说读写，是儿子不愿意花费时间去学习的，这个时候，我只能每天祈祷，我的文科基因在他身上起点作用吧。

三年里，我能做到的是，尽量晚上的时间都陪着他，避开不必要的应酬、聚会、出差。专注是我最重要的个性特征之一，我喜欢在有阶段性目标的情况下，集中精力做好一件事情。他学习，我看书，或者写东西，从不追电视剧，很少在他家里打电话，扰乱和影响他。保证他每天晚上22：00休息，儿子从有些方面来说是个非常自律的孩子，早起早睡，生活很规范。

我做他的朋友，每天回来问他，有啥开心不开心的，学校里有啥八卦，他心情好的时候会跟我说很多，心情不好的时候就不说。对于我而言，了解他每天的生活和心里想法，是每天的必修课，心理疏导很重要。当然，他有时候会觉得我很唠叨，我努力少说。取悦他人也是我的个性特征之一，这个特征在儿子这里我用到了极致，我不遗憾。

我做他的妈妈，允许他在我面前撒娇，他写作业说要吃冰激凌或者各种零食，我会跑出去给他买他的最爱，还会给他个小惊喜，比如买块他喜欢的黑森林蛋糕。双子座的男生是每天需要惊喜的。

我做他的鼓励咨询师，他不高兴了，我就鼓励他，他说考砸了，我就说：没有关系。虽然心里着急，很想问问是哪里出了问题，我知道即使我问了，他也不会回答。我会在每次小的考试成绩不错的时候，发个 8.88 或者 6.66 的红包，他会很期待这个现金奖励。管理这种需要时间积累的技能是一定要在到大公司里锻炼的，锻炼好了，用在家里也很好，这个叫即时鼓励。

初二那年，他的甲沟炎严重，严重影响了他一直不太擅长的体育，最糟糕的是天天去医院，影响他的心情。手术完后的一个月时间，我隔天带着他去换药，那个时候我很担心，他的脚无法走路跑步，体育考试怎么办，体育本来也是儿子的短板。年初开始，儿子终于同意报了体育加强班，因为他意识到体育可能会拉低他的总分。虽然最后的结果是体育依然是拉分项，可是比起之前的分数，有了很大的进步。更重要的是，他初三半年在深圳大学足球场，在教练指导下的训练，令他受益匪浅，因为他意识到了运动的重要性和快乐。想插播个广告，教练很不错。据说儿子的学校一半以上的学生体育都是满分。

我做他的朋友。有一天，我对他说话重了点，他突然嘻皮笑脸地说："郭姐，你是怎么对待你未来的长期饭票的？你是怎么对待未来给你养老的儿子的？"我立刻说："郭姐错了，郭姐要好好对待自己未来的长期饭票，以后还要靠小鲜肉支付我价格不菲的住养老院的费用。"我每天鼓励自己说，不做他妈妈，做他姐姐。

我为他准备晚餐，我不擅长做饭，这个是我的弱项。我负责张罗晚饭，并营造一个温馨有爱的氛围，每天下学回来，只要我在，我会给他准备一个果盘或者小零食，他喜欢这种感觉，有一次他说："妈妈，我回家的路上，看到家里阳台上的灯光，我知道你在等我，我感觉很好。"当然，更多的时候，他回到家里第一句话就问："妈妈，你又在做什么黑暗料理啊？"我只好说："为你准备的黑暗料理，你少吃点，晚上吃多了对健康不好。"在我的黑暗料理的伺候下，他终于成功减肥10斤，这是我最大的得意之处。

结果导向的天蝎妈妈，与享受当下的双子儿子，隔着年龄的代沟，我们的相处并不是没有摩擦。但是我总是想，儿子与我在一起的亲密时间只有初中三年了，高中住校后，我们在一起的时间会越来越少，他与社会接触的时间会越来越多。所以，初中三年是我们培养感情的最好时间。我愿意花时间，愿意妥协他青春期的种种任性，事实是，即使我不愿意，我也没有选择了，时间过得很快，初中三年已经结束了。

总算是天道酬勤，初中三年完美收官。人生的路还很漫长，初中毕业也只是漫长人生中众多门槛中的一个小门槛。作为妈妈，我最幸福的事情就是陪着你健康快乐的走向人生每一个更高的台阶，祝福亲爱的你在高中三年创造出更优异的成绩。

公立学校的寄宿生活——高中一年级

深圳的高中学校都是寄宿制的，除非家长和孩子有特别的要求可以不住校。因为是本地高中各个学校的常规要求，我们与孩子并没有商量，也没有做太多的思想工作，孩子就这样自然地进入了寄宿生活。

之前好多朋友问我，孩子适应吗？我不知道如何回答这个问题，其实孩子是很敏感的动物，适应力很快，只要他认为这是他应该做的事情，他的社会属性就会很强烈的反映出来，根本轮不到做家长的来评判这个事情是否应该或者不应该，就已经成为常态了。

初中学校的家长会，老师说过多次，高中生活完全不同于初中生活。竞争更加激烈，学业更加繁重，考试更加频繁，成绩更加难获得高分，的确如此。高中生活是又一次独立生活的开始，又一次与原生家庭的剥离，又一次渐行渐远的父子母子分离。

孩子的变化主要在以下几个方面：

学习目标感增强：初中时候，儿子的目标是：要上深圳大学，要做马化腾的校友。进入高中之后，儿子的目标是浙江大学，要与马云生活在一个城市。不知道下个目标是否是华盛顿大学，与世界首富比尔·盖茨住一个城市。无论如何，知道自己想要什么，并愿意为了自己的目标努力奋斗，只要在不同的时间，有更高的目标，更高的追求，在我看来都是值得肯定和鼓励的事情。

更加独立：每周自己整理要带的衣服和用品，一个行李箱一个背包把他一周的东西都带上了。每周在学校的五天都是一个小旅行，回来自己洗衣服、浴巾。再准备下周的生活用品。生活非常规律。

懂得节约：每周我会给儿子的银行账户或者微信账户里打钱，每周转钱是因为担心他自己计划不好，全部花完。事实上，他自己只花了一半的钱，剩下的自己存起来买他需要的日用品。他在学校除了吃饭、买饮料和书籍，基本没有别的开销。之前儿子对钱没有太多的概念，自己掌握钱之后，很懂得规划，而且还经常借钱给需要的同学。

懂得帮助他人：有次下雨，我在校门口等他，看他拿书遮着头出来，我知道他的背包里永远都有一把伞，他说因为有个同学没有带伞，还要坐地铁，就借给同学了。

懂得感恩：因为行为的不规范，被学校禁宿一周，我每天早晨6：30起来送他去学校，晚上9：00去学校接他。他说：妈妈，很对不起，我下次一定注意自己的行为，你这样每天来接我太辛苦了。我说：没有关系，我知道你是无意的，但是学校的规定我们必须遵守，下次记住就好了。

懂得为他人服务：他被禁宿的一周，每天晚上回来拿着个清单，我问他干啥的，他说要为同学买饮料。学校有些饮料不售卖，他的同学每天托他买饮料，他就像个外卖员，每天晚上按照清单买好，第二天再带给他的同学。做得很认真。

自我意识更加强烈：我找他沟通的时候，他会说：妈妈，我自己可以搞定的事情不麻烦你们，如果需要帮助，我会找你们的。

隐私保护意识增强：妈妈，你进我的房间，请敲门，不要直接闯进来。

阶层意识的增强：在深圳这样的经济发达城市，孩子不谈钱不太可能，尤其住在一起，难免八卦各自家里的事情，儿子会跟我说，香蜜湖的房子比我们的房子贵。

性意识的提高：不允许我触摸他的身体，不允许我亲他，换衣服也把房间的门关上，他说"家有男眷，请注意言行"，也不会再像小时候那样，冲凉完光着身体出浴室。

我的生活也因为他的寄宿生活而改变，有更多的自由时间做自己的事情：

不需要每天着急在中午或者晚上的固定时间赶回去给他做饭或者监督他写作业。

周一到周五早晨我们工作、出差，周五到深圳，周日送走他，我们各忙各的。每周五下午放学接回来，每周日晚上再送过去。三人生活变成了周末团圆生活。

从第一次送他去学校，因为思念他神情恍惚，闯了红灯。一年之后，暑假开始，我居然盼着他早点开学，这样我可以有更多的时间做我自己的事情。我逐渐适应了他离开我，我不用再时刻想着照顾他，我们都要独立生活的日子。

周末团聚的日子，他的学习我依然是无法插手，能力有限。如罗胖在 2017 年跨年演讲《时间的朋友》里说的：现在的孩子他的大脑接收能力是多向的，他的眼睛盯着电脑打游戏，旁边放着 IPAD 看美剧，左手里玩着手机，右手写着作业，头上挂着耳机听着爱听的流行歌曲。这是真实的孩子写作业情况，书桌上面的电子产品与纸面书籍各一半。

周末时间，他回来家里，打游戏，上网课，看电影，打羽毛球，活动自由安排。我负责午饭晚饭，帮助他打印、买书。很和谐，见面的时间有限，有效沟通的时间更有限，几乎都没有争执的时间，因为团聚时间短，大家都不希望破坏氛围。唯一遗憾的是，他没有时间出来多锻炼或者吃饭，因为他回家最快乐的活动之一，是与他的同学一起打游戏。我不能剥夺这个对他来说很有意义的活动，这毕竟是他与同龄人的共同语言。他会说：妈妈，我是用20%的时间在打游戏，80%的时间写作业，如此懂事的孩子，我没有办法再责备他了。

与定居美国的大学同学视频，她说，面对焦虑的亚洲妈妈，她找不到更好的帮助措施。我说，我虽然是亚洲妈妈，我并不焦虑。她说，她给孩子提供必要的帮助，在做选择时候提供自己的经验和建议。我说，我跟她一样，现在的孩子接触世界的方法很多，必要的时候为了孩子征战。我理解这个征战是父母不可以袖手旁观，不去主动了解孩子的世界。在孩子需要的时候，你需要在他的身边给出你的建议和指导。

为了更加了解他在校情况，我参加了班级的家委会并担任家委主席，用老公的话来说，像我这种控制欲强烈的女人要多增加工作量，控制到一定规模没有精力和时间就比较好了。不顾另外一半的冷嘲热讽，我还是顽强地承担了家委主席的职务，虽然琐事特别多。

第一次参加家委会，我觉得好惭愧，学霸们的父母各个都是教育专家，而我像个小学生一样坐在那里，感觉自己好像从没有当过家长。

孩子也有很多弱点，比如不喜欢运动，不喜欢承担太多的责任，他说：妈妈，我喜欢学习，但是不喜欢排名；我喜欢打球，但是不喜欢比赛。我说，任何事情都是有标准的，你学习完了，谁来检验你的学习效果，自然是考试；你打球了，如何知道自己的水平高低，自然是通过与其他人的比赛。你的任何社会活动不参与到团队里，怎么确认这个活动的意义。自娱自乐是一种生活态度，但是与世隔绝让你自己无法进步啊。

课外的选修，他选择了经典英文歌曲鉴赏与数格，这两个业余选修，正面地反映了他的擅长科目：英语、数学。不管在哪个阶段的学习，哪个国家的考试里，语文、数学、英语都是最重要的三科成绩。我还是得嘚瑟下，父母的基因对于孩子是何等的重要，你是什么，他就是什么，父母是原版，家庭是复印机，孩子是复印件。

高中生活的第二年开始了，孩子非常适应地进入了更高一级的学习。特写此文，给即将升入高中的父母，本来这个文章是要在开学发的，但是由于我的拖延症，晚了一个月，希望对孩子和家长都有借鉴意义。

18 岁前离开父母去外地读书，喜忧参半

我在太原的同学打来电话问我，想把女儿送到天津读高中，主要是因为在天津高考，分数比太原的同类考生低50～60分。在天津买个100万元左右的房子，可以拿蓝印户口，孩子考上双一流大学的机会大。可是老公和家里人持反对意见，她左右为难，问我什么意见。

我问她：你会调动到天津吗？她说，基本不可能，哪里那么容易。我说：那孩子的日常生活谁来照顾？太原离天津虽然近，高铁也要几个小时。病了怎么办，而她毕竟只有14岁，放学回来是否还要自己吃饭，还有交通问题。我的观点一直是过早独立不是一件好的事情。

她说：不放心，不知道。她说她的几个同事有了成功的案例，把孩子送到天津，考上了南开大学或者天津大学，

觉得很好，不过送过去的都是男孩子。对于她的女儿，同学又多了一层犹豫。她摇摆在别人的成功案例和自己的实际情况之间，不知道如何选择。

别人的事情我们也无从下判断，因为每个人的情况不是百分之百的类似。所以，别人的成功模式不可能全部复制。很多二线城市的朋友想办法把孩子送到一线城市或者国外读书，可是，那些望子成龙、望女成凤的父母是否想过，其实送孩子出去不是一个简单的事情，而那些所谓的一线城市，所谓的国外，未必就是你想象中的天堂。

也有很多同事和朋友问我，将来会把孩子送到国外读书吗？说实话，因为儿子年幼，我还真的没有考虑这个问题。但是我和老公一直很关注他的成长，关键看他的想法。做父母的，提供力所能及的条件支持他就可以了。

关于他将来想干什么，现在谁也无法说清楚，日后就依靠学校和家长的共同引导。我和老公认为，他的快乐和健康是最重要的，而且希望他在上大学之前能够有更多的时间跟我们在一起生活，有个快乐的童年，对孩子而言比什么都重要。

我的一个闺中密友，她的外甥女从初中开始在英国读学费很贵的私立学校，女孩子多才多艺，钢琴九级，马术也很好，成绩在班上数第一。父母在英国买了房子，妈妈全职陪伴她在英国并照顾她的生活，女孩子的爸爸在香港工作。

可是每到假期，同学都放假回香港看望父母走了，女孩子想回来看爸爸，妈妈总是说，机票很贵不回去了。女孩子很失落，总是说，为什么不让我回去，既然你都花钱买了房子在这里陪我了，为什么一张机票钱都不肯出？那你放回我香港读书好了。

送孩子出去读书后，你送出了希望和期盼，同时也带来这样那样的问题，谁来解决这些随之而来的问题？有些事情成人可以忍受，可是孩子不行，那些孩子无法承受的感情谁来负责填补？

对于孩子来说，有的时候环境不重要，重要的是父母的爱，谁也无法代替。所以，我主张孩子 18 岁之前要在父母身边生活成长，由父母共同监护。在孩子的成长岁月里，父亲母亲的角色是任何人无法取而代之的。

美国教育界人士认为，将未成年的子女送往国外留学时，父母将难以尽到直接教育子女的职责。由于学校、家长和社会是三位一体的教育要素，父母教育这一关键环节的缺失，增加了孩子走入歧途的可能性。将尚未成年的孩子送出家门或者国门，被认为是一个冒险的举动。

我支持做家长的给孩子成长和长见识的机会，而且我坚信见识越多，偏见越少，反之亦然。让孩子有认识世界和扩大实践的机会是每个父母应该积极去做的事情。这个暑假，我几个同事的孩子有的去新加坡参加文艺演出，有的去美国游学，有的去英国夏令营，他们回来都获益匪浅。只要家长有这样的经济实力，能够给孩子创造这样的环境，愿意让他们去外面的世界看看，我觉得这都是好事情。但是一味地拔苗助长，按照自己的意愿让孩子去承担家长的选择，这种做法不可取。

亲情无处不在

我的一本一线生活
Wo De Yi Ben Yi Xian Sheng Huo

疫情里的旅行

最近 3 年，由于两家老人的身体每况愈下，我的旅行基本是探亲，因此也不算是真正意义上的旅行，而是从一个家到另外一个家的日常走动。不用订酒店，不用安排行程，主要在家陪父母。

春节期间，因为疫情取消了回家探望父母的计划，响应国家政府号召宅在家里做贡献。跟妈妈说好的一月一次见面，延迟了两个月没有成行。

清明前期，因为担心父母身体，决定回太原探望。我的一位闺蜜的母亲几年前在清明节去世，她说，清明节前后老人去世比较多，迷信的说法，阴间的人在清明期间要招人回去。

疫情里无法说走就走，而是说走都要扫码登记。3 月

28 日去社区开居住证明，拿着居住证明去社康开健康证明，健康证明要求填写航班日期以及出发地和目的地的详细地址。

拿好证明，订机票。航空公司在疫情期间应该是最亏损的机构，票价基本是三折左右，除了一些特殊航班以外。4 月 3 日晚上订机票，4 月 4 日一早飞机，机场里非常的冷清，地勤工作井然有序，没有了往日的喧闹和嘈杂。机上的乘客也只有不到二分之一。在候机楼里，我戴着口罩、防飞溅帽子，感觉自己都要无法呼吸了。起飞前，闺蜜叮嘱，不要吃喝，不要摘口罩，不要上厕所，我都做到了。

疫情里，我基本每天都做艾灸，提升阳气。决定回太原的日子里，每天一颗维生素泡腾片。进机舱之后，我恨不得左手抱着圣经，右手抱着古兰经，脖子里再挂个佛陀吊坠，求各路神仙保佑我，不要让新冠感染我，让病毒远离我。我是回家探望年迈的父母，不要让病毒再传染给我父母。

下飞机，各种体温测试，申报健康码。到家里的小区，填写各种资料，交我的健康证明，然后再去社区报备我的抵达返回日期。5 天的时间里，我没有联系任何人，只在家里陪父母。

我感觉自己理解孟婉舟被保释在加拿大的家里，衣着优雅，脚踝上挂个监视器的从容和淡定。虽然我没有挂监视器，但是还是很自律地待在家里，不出去给防疫添堵。照顾父母的一日三餐，陪妈妈做康复训练、散步。

太原的同学朋友都笑我太紧张了，我不知道自己是否太过紧张，还是太过自律。当然，与所有在疫情里煎熬的人一样，我的疫情焦虑症应该在平均水平之上。

回来预订的航班在起飞的前一天被通知取消，理由是安全原因，携程也直接自动语音取消了机票并全额退款。疫情里各个事情的处理都非常及时有效，不容商量，而我们能做的就是理解和接受。

跟我一起散步的闺蜜说，疫情里我安静了很多。妈妈见到我说，我变得不再着急了。嗯，疫情的日子，就是让人自我隔离、自我反省、自我检查、自我净化的最好安排。

疫情里的一次旅行，让我对我党我国的信息化管理有了更加深刻的体会和认知，超级有安全感，到哪里都有党和人民温暖而坚定的目光跟随着你，到哪里都有人帮你测体温，关心你是否发烧是否喉咙疼，其他国家的政府，哪里有如此强大的网络和如此先进的电子信息化管理系统。

相对那些欧洲国家，面对一次疫情，整个政府管理都瘫痪，这个时候真正的人性就是有多少人能享受到政府的免费治疗，有多少人能享受到各个保险公司提供的免费的专项保费。

旅行就是增长人的见识、扩大人的认知的，疫情里的旅行虽然艰难，但是体会了更多的不同风景，值得。

在妈妈的眼里

2010 年夏天，我们 3 人去西安看公婆。当时他们要搬进新买的房子，在老房子里，婆婆拿着几张老公小时候的照片，交给我说："你拿回深圳保存吧。"我正要去拿，儿子先拿着看了看，然后笑眯眯地问婆婆："奶奶，你觉得我长得帅还是爸爸小时候帅?"婆婆看了儿子一眼，停顿了下，慈祥而微笑地说："要我说，还是你爸帅气，因为他的眼睛大，你的眼睛没有他的大呀。"

我一听这话，心里忐忑不安，生怕儿子受不了而伤心。没有想到的是，儿子听了婆婆的话，笑眯眯地看着我："那是自然的，在每个妈妈的眼里，他的宝宝都是最漂亮的。不过在我妈妈眼里，我是最漂亮的，是不是啊，妈妈?"我使劲地点着头。性格乐观、思维积极向上的孩子，这不是我教育成功的表现吗？

我内心深处开始责怪婆婆，这么大年龄的人了，就不知道哄下孩子吗，夸我儿子帅气怎么了，你儿子那么大了，再夸他有啥意义吗？我心里的不爽一直写在脸上，在西安那几天我一直都是拉着脸，满心的不快乐。

回到太原看父母，我把这个事情给父母说了，爸爸非常慈祥的开导我：孩子，在每个妈妈的眼里，她的宝宝都是最漂亮的，这个毋庸置疑。你不需要不高兴，如果你儿子问我们，我们的答复跟你婆婆一样啊，你是我们眼中最漂亮的宝宝啊。

接着爸爸说了他的同学哥哥的事情。同学的哥哥是个智障儿童，从小生活无法自理。但是他的妈妈从来都是护着他，每当别人嘲笑他的时候，他的妈妈总是出来力挺他，支持他。老人70多岁了，到哪里都带着他，并且一直宠着他。其他几个姐妹看不惯，说他妈妈老糊涂，可是老人无论刮风下雨都推着车带儿子出去晒太阳。爸爸说到这里，眼睛有点湿润：你知道，无论这个孩子是漂亮或是丑陋，聪明或是愚笨，他的妈妈都会一直对他不离不弃的。

我把这个事情跟同事八卦了一下，没有想到她说：郭姐，我好理解你的，我老公他妈到现在都叫他宝宝，我简直无法忍受。原来天下的婆婆都觉得自己的儿子是世界上最好的宝宝，那天下的媳妇不就都成了爱吃醋的怨妇了吗？

当儿子一天天长大时，我内心的感觉越来越强烈，我看着我的儿子，觉得他就是最好的，没有人比他更可爱，更漂亮。我回来喜欢抱着他，亲吻他，一天不见都很想念他。我现在非常理解婆婆的情感，因为那是天下所有妈妈的情感，自己的孩子最漂亮，最可爱。

上周儿子去军训了，家里冷清了很多。公公婆婆每天都问儿子如何了，微信群里几个妈妈也是忙得问这问那，不知道孩子到底如何了。周末回来后，儿子说，军训时候，好多孩子哭了，想妈妈，想家，不想长大。我听着好难过。另外一个儿子出国的同事，又在微信上感伤地说：能生的再生一个吧，要不吃饭都一个人，好无聊寂寞的。真的，孩子占据了我们生活的很多空间、时间，他们的出现让我们看到了自己未来的希望。作为一个普通的社会人，我们有义务为小到自己家庭大到祖国母亲，培养有责任感事有爱心的后代。

嫁　妆

忘记哪位作家曾经说过：父母给予子女的最好的嫁妆，便是一张名牌大学的文凭。所以，当我结婚时，父母问我：孩子，你需要些什么？我说：你们已经给了我最好的嫁妆。

父母都是知识分子，他们读了很多书，所以执着的相信："万般皆有用，读书价更高。"读书可以成才、成熟，成功、成"家"。从小到大，我和妹妹心中的执念，上大学是人生唯一的出路，不遗余力地培养我们上大学也是父母坚定的信念。他们竭尽全力满足我们学习的一切需求，各种参考书籍应有尽有。

当我们相继进入高校深造后，父母的心愿得以阶段性的了结。那一段时间是他们最开心的日子，也是他们最艰苦的日子。妈妈拿到工资后，总是先把我们的学费存起来，准时邮寄给我们，就好像现在的年轻人还房贷一样。我和妹妹都没有乱花钱的习惯，因为尊重父母的付出，感恩父母的养育。

日复一日，年复一年，我和妹妹相继毕业走上了工作岗位，经济也很独立，爸爸妈妈肩上的担子轻了很多，我们也拿到了文凭，得到了"嫁妆"。因着这个嫁妆，我大学毕业分配到当时令人羡慕的外贸公司；也因着这个嫁妆，我有机会出国在客户的公司里工作，增加了国际化工作的背景，毕竟我毕业的时候能出国的人不多；也因着这个嫁妆，我嫁给了同样是名校毕业的博士丈夫。

所以我非常感谢父母给予我世界上最富有的可以享用终身的"嫁妆"——安身立命的知识技能和令人尊敬的文化素养。

远离亲人

相书上说：眉毛稀疏的人与亲友无缘，经常顾影自怜的我就是那种眉毛稀疏、与亲友无缘的人。

高中毕业后，在上海读了 5 年大学。那时候，家里没有电话，每月写信给父母报平安，同时还盼望妈妈有出差机会来上海看我，最开心的便是每年寒暑假坐上一天一夜 26 小时的火车回家。

爸爸妈妈总是风雨无阻地到火车站接我。火车进到太原站的时候天已经黑沉沉的，而我在火车进站的前几分钟将头伸出窗外，寻找父母的身影，当妈妈看到我，边喊着我的名字，边跟着速度减缓的火车在站台里奔跑。她明明知道火车总是要停下来的，但是抑制不住想早点见到我的心情，我的泪水在眼里打转，下车后与妈妈紧紧地拥抱在一起。

等到返校时，依旧是他们风雨无阻的去送我。火车缓缓启动后，他们依然是千叮咛万嘱咐：努力学习，保重身体。我依旧把头伸出窗外，挥手告别，直到看不到父母的身影。

分别是令人难过的，一别又是半年。长期的远离亲人，令我非常渴望家庭的温暖，渴望与父母生活在一起。但独立在外地上学又使我习惯了无拘无束自由自在的生活，担心与父母生活在一起，产生由于代沟引起的摩擦。因而毕业分配时，我选择了离家更远的宁波工作，人有时是矛盾的。

工作不同于上学，没有寒暑假，一年只有一周探亲假期。那时候家里已经有了电话，我可以天天给爸妈打电话，听到他们的声音就像见到他们一样，"千里亲情一线牵"。

我一天天成长，父母一天天衰老。当他们完成抚养子女的义务，需要我们尽赡养老人的义务时，我却飞往离家更远的迪拜工作。我已经度过了无数个远离父母的国庆节、春节、元旦。

后来，随着孩子的出生，让我有更多的时间与父母团聚，他们来照顾孩子和我们的生活。居住在一起，隔着多少年不在一起生活的陌生，我们的摩擦很大，口角也很多，随着时间，这些不愉快不和谐都被融化了。

孩子长大后的几年，我基本是每个季度回太原探望父母，他们也经常飞来深圳与我们团聚。他们年纪大了，但是很独立，很少麻烦我们，习惯了四季分明的北方生活，不愿意来深圳长期居住，所以我便成了常回家看看的孝顺女儿。

拖着疲惫的身子，在回家的飞机上，我总是在问自己，当初为啥要离家那么远去读书去工作？也许是命中注定，我就是要跟父母家人天各一方？每次当儿子跟我说要去外地读书工作，我总是本能的给予否定。

我说，我希望与你在一个城市生活，让我们彼此陪伴，不要像我跟我的父母一样彼此远离，儿子说我太自私了。他的生活还没有开始，我就把他的生活半径给划定了，我说我的自私是因为我的经历告诉我，那不是一个很好的状态和经验，所以我的下一代要规避。到目前为止，儿子没有接受我的想法。

也许眉毛稀疏的我，跟儿子也不能生活在一个城市？无论如何，我想去做个眉毛，让我的眉毛粗点，可以与我的后代生活在一起？我开始期盼。

我们是一家人吗

　　周末与几个女朋友相聚，都是结婚的，自然话题谈到了婆媳关系。其中一个闺蜜的女朋友说到她家最近发生的事情。两个月前的一天，她父亲在单位出了点事情，汽车轮胎被人用火点了，还好并没有引起伤害。她得知这个事情的时候已经是晚上，她就想回去看父母。

　　可是当时婆婆在他们家照顾她的老公，老公因为打球扭伤了脚，在家休息，婆婆前来帮忙住在她家。一听说她要回家，婆婆不高兴，说这么晚了，自己儿子还躺在床上，她回娘家干什么，而且事情也没有那么严重，父亲还给他电话，那就说明没有什么事情，没有必要晚上急忙回家，既不安全又无法照顾儿子。

　　这个女朋友一着急说：你当然不着急，又不是你家的人，我们不是一家人。婆婆听了此话很大为恼火，第二天一大早便离开了她家。为了这个事情，女友两个月没有回婆家，现在还在僵持之中，不知道如何解决，她自己也很懊恼。

我在我的博文"婆媳关系，一半尊重，一半迁就"里写到了这个人生的难题。这个事情的发生，包括女友脱口而出的言语，我都很理解。如果是几年前口无遮拦的我，说出这个话的可能性非常大，所以我对此并不惊讶，而且异常理解。不过我现在更感兴趣的话题是：我们到底是不是一家人？

记得有一年回老家探亲，见到一个多年未见的女同学，她嫁给了自己青梅竹马的男同学。她的他无论在学历、身材、长相上都与她无法相比，她在18岁时就认识自己的老公当时的男朋友，也认识了后来成为公婆的他的父母，后来终于修成正果。

那时我正因为婆媳关系想不开。饭桌上，我挑起了这个话头。她说：我感觉现在跟公婆是一家人，我就是婆婆的另外一个女儿。最重要的是，我们三代人在一起，让孩子从小感知到孝顺老人、家庭和睦、三代同堂的重要性，这样对孩子的成长有利。而且世界上没有人会像公婆那样耐心对待你的孩子，这当然是因为有血缘关系的原因了。

有血缘就是亲人，亲人就是一家人啊。

我听后受益匪浅，天蝎座人的自我反省能力和行动改变能力是超级一流的。回深圳后，马上改变思想，调整思路，重新考虑我与婆婆之间的"战略合作关系"，并将此关系提升到了"中美关系"的高度，终于走出了婆媳相处的困境。

之前我的想法是，一家人是指父母和妹妹，我们家就是老公和儿子，婆婆和公公的编制被我划到了"他们家人"的组织里。但是有一次妈妈的话彻底改变了我的狭隘想法：如果没有你婆婆，怎么会有你老公，没有你老公，你们三口人的家在哪里，所以饮水思源，你们是一家人呐。

昨天打开电视，频道里正在播放电视剧《婆婆来了》，几个与婆婆闹得鸡飞狗跳的媳妇让我觉得在理解之外多了一层忧虑，当然，也许每个有婆婆的女人都会经历这个阶段吧。过了这个槛就过了，过不了的就离了。如果把"婆婆来了"当成"康熙来了"一样慎重对待，那岂不是大家都双赢了。

思路决定出路，性格决定命运。

养儿养女各有情

　　每到节假日，我和老公总是为了去哪里休假意见不统一。原因有很多，不知道是选择太多，还是时间太有限，或者是年纪大了，谁也不愿意听谁的。还是我们根本喜欢的休假方式就不一样，他喜欢自驾自助，用手机的导航做一切事情。我喜欢提前安排酒店，做好攻略。

　　这次，老公说要照顾刚从美国探亲回来倒时差的父母，要留在深圳过，而我心里惦记着父母电话里的期盼和嘱咐：国庆节带孩子回来吧，我们都很想念堃堃。每个人都是自私的，想到与父母在一起的日子越来越少，我就觉得要争取所有的假期与他们欢聚。跟老公协商带儿子回去看父母，老公说考虑儿子刚开学，频繁出行对孩子不好，要让儿子收收心。另外我还要在太原办理一些事情，归期可能会耽误孩子上学时间，等等。

最终的协商结果是，我独自回太原看我父母，他带着儿子留深圳守公婆。岁月是把杀猪刀，杀的我们都很理智，都很冷静，有妥协有坚持。事实上，我们都是顾家顾孩子，有家庭责任感，把父母当皇上一样供着的孝顺儿女。

那天有同事问：你觉得生个儿子有什么不同，我开玩笑说："生了个带把的，保住了我主母的地位。"老公觉得满意了，就此打住，不打算再生了，我也解脱了。当年在产房里生孩子，护士抱着刚出生的儿子，把屁股往我脸上晃了下，说："看下了，有'鸡鸡'的，是个弟弟。"被麻醉药折磨得迷迷糊糊的我就听到了这句话，然后什么也记不得了。

后来，我妈告诉我，产房外的老公听说我生了个带把的，说了句心里话：这下不用移民出国生了。言下之意，如果生了个女的，我们要先移民出去再继续生，直到生个儿子出来。我妈妈松了口气，不用再担心我离开她出国生孩子了。公婆也满意，虽然我不是个贤惠的媳妇，但是至少看在我为他们家族传宗接代的份上，也任劳任怨地为我照顾孩子。老公也解放了，可以放开手脚抽烟喝酒了。

最近偶遇一个事业成功的企业家，他的老婆在美国全职照顾女儿并接受当地教育。他说：在中国，女孩子生活很辛苦，找个事业成功的老公，就要担心是否有小三来抢胜利果实。找个一般的老公，生活就更加艰难，房奴、孩奴当一辈子。所以送到美国接受教育，找个中产阶级，安全稳定，不用像在国内那么辛苦。他和妻子为了女儿美好的未来生活，常年过着两地分居、牛郎织女的生活。

公公婆婆从不掩饰他们重男轻女的思想，觉得对儿子和孙子寄予了更高的希望和期待。但是年过70的他们每年颠簸十几个小时的飞机去看定居在美国的女儿和外甥女，我觉得他们同样也为"巾帼不让须眉"的出色女儿骄傲和自豪。

爸爸经常当着他的学生和朋友说，感谢我妈为他生了两个"小棉袄"。妈妈总是唉声叹气说自己没有生个儿子，两个女儿总是护着爸爸，心里很不平衡。我们总是打击她：要是你生个儿子，你的媳妇一定很辛苦，你一定是个拿妖作怪的恶婆婆。我妈的遗憾每次都惹来我们一番嘻嘻哈哈的嘲笑。

儿子最近经常说些让我大惊失色的话。那天他说，将来我买个房子，我和我老婆住楼上，你们和我老婆父母住楼下。我一听又惊又喜，惊的是，9 岁男孩怎么可以这么轻松地说出让我和老公瞠目结舌的话；喜的是，9 岁儿子如此孝顺得把我们未来 10 年乃至 20 年的生活都安排好了，这让我怎能不为生个儿子而骄傲自豪啊。

平凡生活的七情六欲

累了就把脚步慢下来

上海的闺蜜、我的前同事上个月一家三口来深港两地休假，一起吃饭时，在跨国公司担任高管的男主人感叹说：其实在四线城市生活也很好，像梅州（男主人是广东梅县人）这样的地方，买个 160 平方米的房子，消费不高，生活很悠闲，以后退休后就回四线城市养老了。那是我第一次听到"四线城市"的概念。

我自己出生在太原，算是二线城市吧，可是读书工作的上海和深圳都是超级的一线城市，习惯了忙碌的生活，我在所谓的慢城市无法停止自己的脚步。慢在很多时候扰乱了我本来的节奏。可是最近几年，也许因为人到中年了，我突然就很想回到儿时生活成长的地方生活一段时间，想回去太原工作，可以陪陪年迈的父母，看看他们的朋友，可以与我儿时的发小一起散散步，寻找当年给我们上课的教师，可以一起开着摩托车在大街上撒撒野。

春节在太原休假，一个阳光明媚却寒风凛冽的日子，发小开着摩托车上带着我在街上瞎逛，冷冷的寒风吹着我们。发小问我：冷吗？冷，当然，我已经离开北方的家乡20多年了，不冷是假的。她说让我把身体躲在她后面就不冷了。她习惯了风吹的寒冷了。即使这样，风还是吹出了我的眼泪。我想起上学时我们一起骑车回家的日子。摩托车比自行车快多了。可是我开着我的车徜徉在一线城市的车海里，我找不到这种想流泪的感觉。

另外一个"80后"小闺蜜，深圳离职后去了东莞一家外企工作。谈到新工作的感受，她说最让她感到不同的是，东莞公司里的人都很温和，不像深圳，每个人都很浮躁，从老板到司机，没有一个脾气好的。而在她的新雇主公司里，连司机都是非常的心满意足，充满了快乐和平静的感觉。

"80后"小闺蜜常出差的地方是德州。我从未去过德州，上大学时坐火车上每次都路过的地方，我对该城市的记忆就是火车进站时一定要买一只著名的"德州扒鸡"，味道极其好。小闺蜜说，城市很干净，太阳能广泛地被应用，非常环保。这个城市跟公司在美国的总部德州（美国德克萨斯简称德州）名字一样，可是美国的德州可是当仁不让的"通信走廊"，聚集了成千上百的科技精英。

上周，另外一个小闺蜜从大理休假回来。她说，那里很好，可惜只待了两天。她说住的房子的露台可以看到洱海，那里空气里的负离子更多。我真的不想回来，也不想动，只想待在那里安静地享受每一天。那不过是一周的假期而已，她就深爱上了大理。而我的一位素未见面的大学校友和他的家人，放弃了在上海的生活，在大理买了别墅安居下来。女主人全职照顾孩子，而男主人的工作则是给"LONGLY PLANET 孤独的星球"写游记。

是啊，去梅州生活，你要会讲客家话，懂客家人文化；去太原生活，你要忍受经济欠发达地区人的思维模式；去东莞生活，你要忍受各种意想不到的诱惑；去德州生活，你要忍受小城市的寂寞和无聊；去大理生活，你要有能力给"孤独的星球"写游记。这些都是技术活啊，而我自己，在这些来来去去的闺蜜的描述里变得心思飘忽不定，也许等我退休后，去四线城市享受慢生活吧。

"舒适圈"就是要待着舒服

2010 年 6 月初的一个早晨，儿子为了参加中行宝宝"强子哥哥见面会"，在中行的职工俱乐部排练开场舞蹈，我和老公陪同前往。由于家长不允许进入排练现场，我们就在中信广场里面的星巴克找了地方坐下来等他。难得有这样的时间和机会，安静地坐下来面对面，当然只是面对面坐着，互相不是深情款款的对视，而是谁也不看谁，各自干各自的事情。他拿着他的手机像个白痴一样看他的小说，我拿着我的手机像个花痴一样无聊的到处乱发短信。

无数个短信发出去后，有个闺蜜发回来："姐们，你最近发的短信都有深刻的意义啊。我辞职了，在家休息，有空来看我。"我赶紧怀着三八的心情拨回去，询问原因。这位女友是在欧洲领事馆工作的啊，稳定的职业，又很轻松，还备受尊重，为什么辞职？接通了电话，女友说："我的情况你也知道，老公在广州工作，我不知道别的女人是不是都这样过，也许人家都很能干，可是我自己感觉我一个人带孩子很辛苦，很忙碌，很劳累，所以就辞职了。在家比较轻松，都奔四的人了，要改变一个活法。"

我说："你们这些外企的白领怎么都这样啊，张口闭口就是追求家庭和事业的平衡，一有挫折就辞职，要平衡，要品质生活。我们这种民营企业的白领就是忍耐，顺从。"她非常赞同地说，"是是是，企业文化不同，对人的影响不同，可能就是公司的文化吧。"她又说，"你也可以辞职啊，有你老公呐。"我说："是的，我有老公。"一边说，一边看着正在沉浸在小说里的老公。

我挂断她的电话，回头兴奋的就对老公说："你看我也辞职吧，多好啊，追求生活和工作的平衡，好累啊。"老公一脸严肃地看了我一下，低头回到他的手机，说："你怎么那么喜欢攀比啊，你80%的女朋友都离婚了，你是不是也要攀比一下，离个婚什么的？"言下之意，是我看到别人辞职我才想辞职，就是赶时髦了，而不是说我真的劳累或者痛心到可以辞职的地步了。

老公的话把我拉回了痛苦而残酷的现实，以前我也多次提出过这个问题，但是他总是打击我说，我如果在家不工作的话，他就完了，估计要时常进入精神病医院做检查，或者经常找个心理医生来干预我一下了。

的确，最近我有 50% 的女友辞职在家，有 80% 的女友离婚了，这两个数字看上去没有什么特别的关联，对我来说，可是有"四面楚歌"的感觉。我在想，离婚是不太现实，离职应该还是可以的，毕竟找个好工作的概率比找个好老公的概率大很多。

最近有个在公司工作 10 多年的同事在办理离职，上上下下几个大楼里跑来跑去办理离职手续，跟我说了一句话，笑死我了："你们大公司里，离职比离婚的程序还复杂啊。"

我的生活十几年如一日的没有变化，在公司工作 11 年，房子也住了 10 多年了，跟老公都结婚 14 年了，孩子都 8 岁了，要知道，身为天蝎座的我是喜欢拥抱变化的人生啊，什么时候我成了个十几年生活一成不变的人了，这种情况非常不符合我的个性啊。

经常有好久不联系的同学在给我电话的问候语中，怯生生地加一句，"你还是原来的老公，复旦'DARLING'吧?"这是大学同学给老公的绰号，意思是复旦爱人。我说："是啊，还没有变啊。"同学开玩笑说："你这个人什么都喜欢变，衣服变，发型变，工作变，常驻地变，老公没有变，真是难能可贵啊。"我总是不好意思笑着敷衍：
"是呀，有些东西可以变，有些东西是不能变的。"

老公一直认为我是个爱攀比的人，比如我会在家说，
别人老公如何如何了，别人小孩子如何如何了。事实上，
在更多的情况下，我只是在陈述一个事实，不过爱面子的
他总是很不耐烦地打断我说："你又在攀比。"

其实我的真实想法是：每人都有自己的强项和弱项，
根本没有可比性，但是不知道为什么老公的心理就认为我
是在攀比，所以攀比这个词就是他对我说的最狠的词。这
个词说了，言下之意就是你不用再说了。你说什么，你在
我眼里都是个爱慕虚荣、爱攀比的女人。

仔细想想，确实也是，是我贪图公司支付我的不高不
低的薪水，是我喜欢目前这种一半工作时间在中国、一半
在国外出差的工作。我在经过一个多月的出差，跑了四五
个国家，经过几十个小时的长途飞行后，累得半死，忍着
由于长时间飞行引起的腰疼。躺在家里倒时差时，如果有
闺蜜电话过来问候，我总是死阳怪气的抱怨：累死了，啊，
不行了，不是人干的活啊。闺蜜总是很怜悯并同情地说：
"你太辛苦了，要好好休息调养，你这个工作不太适合我
们这个年龄的女人了，照顾不了家庭，要小心啊。"

这个时候的我，头脑会清醒一半，然后说："哪里哪

里，我很喜欢这样的折腾生活，没有折腾，哪里有激情，没有激情，哪里有工作的成就感，没有工作的成就感，哪里会看到我常常精力充沛的样子。这只是一时的劳累，大多数时间，快感多于痛苦。"于是闺蜜不再劝阻我了，估计也知道我这个状态近期无法改变，最多贡献一只耳朵给我用，其他的不再说什么了。

不辞职很痛苦，辞职了很无聊，就好像围城吧。结婚的吵着离婚，未婚的急着闪婚。不辞职也行，咱也算是个成熟优质的大湾区白骨精，就在这种上班的日子比上坟还沉重，出差的日子比出轨还快乐的日子里，慢慢地熬吧。

每次的攀比总是在我来来回回的胡思乱想中就这样过去，这就是日子吧。

第二套房子与投资无关，
房产证名字与感情有关

同事国外回来，中午一起吃饭聊天。他说想给父母在深圳买房子来住，可是现在房价暴涨，如果想买的话，不但首付要交 50%，按揭的利率也比第一套房子有所上调，很不合算。然后他很羡慕地说：你们真有投资眼光，买了第二套房子。其实，在我的博文"婆媳关系，一半尊重，一半迁就"里，我写得很清楚，买第二套房子，主要原因是缓解婆媳关系，挽救婚姻，促进家庭和睦，跟投资没有关系。

老公是在我的威逼利诱之下，并非心甘情愿买第二套房子的。记得去买房子的时候，我喋喋不休地跟老公诉说着与公婆分开住的好处。他若有所思地看着我，很不情愿的去卖房处刷了卡。一边刷卡，一边还嘟囔着说：

"好不容易刚过了几个月没有贷款的日子，现在又成房奴了。"

跟我大多数的男同事一样，老公不喜欢背贷款，可是他们的老婆都跟我一样，没有贷款感觉不到生活的压力，有贷款才有工作动力。房价涨后，我的几个男同事后来都跟我忏悔说："女人在投资方面直觉比男人好，要是当初听了我老婆的话，多买几套房子，我们现在不用常驻去赚钱了，看来听老婆的话没有错啊。"

谈到贷款，又说起了房产证上写谁的名字的问题。同事说，当初买首套房子用的是夫妻两人的姓名，也没有什么原因，就觉着是两人结婚生孩子用的房子，就写两人的名字。同事不无惋惜地又在说：当初应该写一个人的名字，这样现在也可以钻政策空子，打打擦边球了。

这时另外一个女同事说起她家的故事。第一套房子写的老公的名字，是因为结婚用的房子是老公买的，自然写他的名字。等到买第二套房子的时候，老公常驻非洲了，只能写她的名字了。她补充说："夫妻感情好，婚姻基础牢固，根本不在乎房产证写谁。"说到底都是家庭财产，信任是最重要的。

其实两种房产证写法都有道理，第一种做法体现了夫妻恩爱，相敬如宾。第二种做法体现了夫妻信任，举案齐眉，也值得推崇。只是我们每人都不是先知，没有预测未来的能力。如果我们预测了2007年以后的房价上涨，我们倾家荡产都要把钱挤出来，购买当时首付只有10万左右的房子，那现在不是人人都是房东了，靠房租过日子就可以了。

深圳房子上涨以后几乎每人都后悔。以前看过这个房子看过那个房子，不过都没有下手买。当时要不是因为这样那样的原因，现在不用上班在家休息了。我也曾经跟大家一样每天生活在懊悔中，不过看完电影《2012》之后，我彻底解脱了。2012年12月之前，我不打算买房子了，因为地球末日都来了。我更乐意在此之前用自己的积蓄好好享受人生，而不要去辛苦供那个迟早要被大水淹没的房子啊。我现在想买的是"诺亚方舟"中国号的全家船票，希望那时候船票不要像房价一样疯涨。

2000年，我和老公买第一套房子的时候，我在国外出差。他电话告诉我说买了房子，并把详细情况发邮件给我，包括户型图、他的装修方案等。他说房产证只写了他的名字，因为办理房产证如果写两人名字，需要两人同时在场，比较麻烦。

他补充说，夫妻婚后财产都是共有的，就算写一个人的名字也是两人的财产，让我不必担心。其实以我们当时的感情，他说什么我都是无条件相信的，写谁都一样。那是10年前，我除了知道好好工作，努力赚钱，跟老公一起把房贷尽快还完之外，根本就没有别的想法。

每月发了工资，第一件事情就是把按揭先存好。有一句话说：银行按揭扣款的日子比女人来例假的日子还准。这个话真的不假，我深有体会。银行从来没有忘记在指定日子扣按揭贷款，要是我哪个月忘记存了，银行会用短信、电话各种方式来催。交得迟了，还会影响个人在银行的信用记录。

银行扣款的那一天，我总是悲喜交加，喜的是我距离拿回房产证的日子又靠近了一些；悲的是这个按揭里面有一半支付的是银行的利息。心中的唯一想法是尽快缩短还贷款的日子。现在想想，那些每个月的按揭就是现在很流行的"定投"吧，不过现在是基金定投，我那时是房子定投，投了4年，终于拿到房产证。再过了3年，房子就涨了3倍多。

房价的上涨给了我十足的信心。当我看到这个涨势，真的准备想"投资"一套房产的时候，深圳的房价已经涨得令人瞠目结舌了，我的月工资连一平方米都买不到了。也许人生就是这样让人啼笑皆非。我不知道投资是什么的时候，我的所谓"投资"增值了，当我有点投资意识的时候，大家都知道投资了，而我根本是已经没有投资的实力了。只能长叹一声：理想很丰满，现实很骨感。

爱情与婚姻

你是会宠爱老公的女人吗

　　招待从欧洲北美回来的同事，我基本都是带他们去做按摩，一方面放松一下长途旅行和时差混乱之后的疲劳，一方面因为按摩享受在欧洲北美确实太贵，不像在深圳，属于大众娱乐活动，不但价格平，而且服务好。

　　两个月前，我带美国回来的同事去做按摩。我的这个女同事，五官不是特别鲜明，但是很有古典韵味，很温柔，是属于第二眼美女。她很开心地接受我的邀约。进去更衣室换好衣服，按摩师刚开始在她肩膀做放松的动作，她突然很开心地大笑起来："真是久旱逢甘露啊。"我看看她，再看看按摩师的脸已经红得像个番茄了，我连忙对同事说："小姐，你远离祖国时间太长了，中文表达不够妥帖。"估计她明白了我说的意思，不好意思地笑起来了。

　　两个有家庭有孩子的女人在一起无可避免地要谈老公和孩子，很自然地谈到了她在美国的近况，她说她换了新车，还在计划换新家，她说："因为老公喜欢。我很宠他的，只要他想做的事情，我都听他的，这话是真的，一点不夸张。"她说话时很自然，丝毫没有炫耀或者难为情。

　　在我听到她的这句话之前，我一直认为"宠爱"这个词是一个男人对女人说的，我很宠爱自己的老婆或者女友。一个女人标榜宠爱自己的老公，这种说法让我意犹未尽地开始认真考虑男人和女人之间到底谁该宠爱谁的问题。

　　每次提到"宠爱"这个词，我必然想起《长恨歌》中集三千宠爱于一身的杨玉环，也就是唐玄宗李隆基的杨贵妃，还会想起唐朝诗人杜牧写的《过华清宫绝句》："长安回望绣成堆，山顶千门次第开。一骑红尘妃子笑，无人知是荔枝来。"

　　前段时间是深圳荔枝上市的季节，只要看到荔枝，我必定会买一些"妃子笑"，一边吃一边就会想象当年唐玄宗为了讨好爱妃动用无数人来送荔枝的场面，可是几千年后，我在深圳的路边荔枝摊上就可以吃到荔枝了。显然，唐玄宗宠爱他的妃子的方式不适合我这样路边可以吃到荔枝的女人。

　　另外，值得一提的事情是，美国通用的教科书里有很多涉及中国的内容，中国历史人物也在其中。他们选中的其中一个人物是杨玉环，上榜理由是：浪漫。斯特恩斯在他的《全球文明史》中提到了唐玄宗的杨贵妃。这部教科书用了整整两页的篇幅讲述杨玉环的故事，还配了一幅"妃行乐图"，渲染她的雍容华贵和婀娜多姿。这部教科书讲述完唐玄宗和杨玉环的浪漫史后指出，他们的感情是"最著名的，也是最不幸的"。这个人物的选择，纯粹是考虑到青年学子的口味，浓浓的生活气息颇让人感动，显现出教科书的温馨和人情味。

我的一位在新西兰的闺蜜，当她跟我谈起她和比她年长的台湾老公的婚姻相处之道时，总是说："我向往的爱情那就是你把我当公主、我把你当王子的生活，如果没有那样的浪漫和尊重，婚姻生活进行不下去了。"

她说，她喜欢年纪大的男人，因为年长的男人会宠爱女人，既像老公又像父亲。有一次，女友在给老公染头发，染到一半，电视上新闻在播放国内一个贪官的腐败事情，她的老公就开始指责对中国政府的不满了，我的女朋友"力挺"中国政府说："哪个国家没有腐败，只不过中国政府曝光及时，这说明政府在改进，有好转，应该鼓励而不是责难。"可是她的老公还在坚持说政府的问题很多。我的女朋友很生气，她就把染头发的工具扔在了地上，并说，如果她老公不给她道歉，她将不给他继续染发。

女友的爱国之心我打心眼里佩服，他们把自己的家庭问题上升到了国家政治问题。她可怜的老公顶着一头未染完的化学药剂，承认中国政府是好政府，只是需要不断改进，最后女友继续帮他染完头发，两人握手言欢。

我的大学同学雅弗，为了解决她老公的"中年危机"问题，全家从美国加利福尼亚州迁移回上海。她在美国从事着风生水起的工作并不是很想回国，可是为了老公，她还是在圣诞节的时候对老公说，"我送你个礼物，我们回国发展吧。"她宠爱老公的方式是放弃自己蒸蒸日上的事业，回国与老公一起解决"中年危机"问题。

有时候，宠爱男人是女人对婚姻的一种态度，也许是一份礼物，也许是一句贴心的话，也许是一种温柔的迁就，或者是个重大的决定。

男人也不完全是视觉动物，除了你的打扮会让他赏心悦目外，他也喜欢听你的甜言蜜语。下面是行家验证过的8条最有效的情话，你不妨试试。千万不要怕宠坏了男人，按照行为心理学家的理论，你愈夸他，他愈会让你的夸奖实现。

1. 我喜欢你的头发，你的头发光泽（手感、颜色、味道）……

根据你男友头发的特点来挑一样说。他有白发，你可以说，看起来很性感。即使他没有几根头发，你也可以说很干净，闻起来味道很好啊。

2. 你的鼻子真挺。

有着高挺鼻梁的男人总是带点洋洋得意，大鼻子也不错，除了憨厚可爱，还有你暧昧的暗示。

3. 你的声音真好听。

声音是男人第二性征的副产品，是迷倒女人的秘密武器。所以这是一句经久不衰的好话。

4. 你的胸膛真厚实，真想抱着你。

男人没有 A、B、C、D 的衡量标准哦，但听到你这句话，他的第一反应是荷尔蒙指数极速攀升。

5. 你真聪明。

如果一个男人夸女人聪明，意味着她的长相有待商榷，但相反，如果女人夸男人聪明，男人会觉得这是一个很全面的打分。

6. 你真幽默。

有幽默感的男人总是吃香的，因为幽默感是天生的，有此禀赋的人非常愿意听到这样的赞美。

7. 你这个人真慷慨，真大方。

在我们这个物质生活还没有彻底丰富的社会里，慷慨的男人还是缺货的，需要大力鼓励。

8. 你真像个孩子。

孩子是需要宠爱的，说这样的话，他知道他即使犯些小错，他还是被你宠爱着。怎么会不幸福呢？

爱，在一张床

我的一个在欧洲的同事在看完我的博文《你是会宠爱老公的女人吗》给我留言：看了你的文章，我认认真真反省：我有没有宠过老公？我老公有个怪习惯，床上有别人他就睡不着，老婆也不行。在中国的时候我们一人一个房间，一人一个双人床，偶尔小聚一下，就又回到自己的房间。在国外没有这个条件，就只能打地铺，一人睡床，一人睡地，我总是把床让给他，他不从，我就在他回来之前睡在地板上，不知道这样算不算宠爱？

算，当然算了，太算了。亲爱的，你能这样做，当然是个非常会宠爱老公的女人了。而且你发明的这种"让位"的睡觉方法让我很感动。另外，我还"百度"了一下夫妻分床睡觉的好处以支持我的观点。

科学家研究发现，夫妻分床睡觉对身体好。夫妻分床睡觉，不但解决了拉扯被角，为谁占的地方太大而争吵，而且对夫妻的身心健康和夫妻关系至关重要。睡不好觉对身体、情绪和精神都有很大的影响，不但威胁到夫妻关系，而且会导致中风、心脏病、忧郁症等严重疾病。

在英国科学节上宣读报告时，斯坦利博士说："如果夫妻同床共眠睡得香甜，当然没有必要分床。但如果在一起睡不好，就不要怕分床。如果男方或女方打呼噜，那就要考虑不仅是分床，而且要分开在不同的卧室睡觉。"斯坦利博士在英国萨里大学设立了一个睡眠实验室，他还身体力行，与自己的妻子分室而睡。试验发现，同床共眠的夫妻，睡觉受影响的概率增加了50%。

斯坦利博士说，夫妻婚后睡一张床是工业革命后，随着人们涌向城市，居住空间日渐拥挤才形成的现代传统。而维多利亚时代以前，夫妻婚后分床而睡并不罕见。如果回到古罗马时代，婚床是夫妻做爱的地方，并不是用来睡觉的。

百度完之后，我又在心里想，可能这个做法不是人人都认可的，但是我跟同事太有共鸣了。因为我曾经跟她一样，跟我老公也是属于"小聚"夫妻。不过不是因为我们的生活习惯，是因为儿子。儿子到8岁才开始习惯自己一个人睡觉，在此之前都是跟我或者老公睡觉的，我几个同事跟我境遇也一样。这样做可能是因为我们经常出差，或者白天跟孩子在一起的时间太少了，总想着晚上要补回，所以睡觉时间成了我们和儿子增进感情的黄金时间。

儿子小的时候半夜需要喂奶，把他放在另外一个房间，我和老公都无法休息好，我的耳边总是响着孩子的哭声，所以他一直在我们旁边的小床上睡觉。等他长大一些的时候，他学会了粘人，总是冲完凉就躺在我们的床上不动了，让我们讲故事给他听，久而久之，就习惯了在我们的大床上睡觉了。

有一次，一个女同事在得知我和同事 CASSIE 都是晚上陪儿子一起睡觉的好妈妈的时候，就来问我们："你们要是晚上想跟老公'那个'的时候怎么办？"我俩异口同声地说："你不知道吗？自从有了孩子，我们现在的生活状态是老公基本不动，工资基本不用吗？"那个女同事张大嘴巴，惊讶的看看我们两个，无言以对。

公公婆婆总是说我们太宠儿子，说他们在美国探望女儿的时候，老公妹妹的两个女儿都是从小一个人睡觉的，说他们教育孩子过分独立，而我们对待儿子过分溺爱。有次住在老公妹妹家里，她的年幼的二女儿才一岁半，半夜惊醒在哭，老公的妹妹从楼下她的卧室冲上来。为什么说冲？是因为我住在她女儿房间的隔壁。听到她急切的脚步从一楼飞奔到了二楼，很快上来，几分钟哄好孩子再下楼睡觉。我心里想她真辛苦啊，跑上跑下的，大人休息不好，小孩子没有安全感。但是可怜天下父母心吧，作为第一代移民，老公的妹妹也是本着"独立要从娃娃抓起"的观念，从小培养自己的两个女儿的。

我的发小 YL，老公是法国人，我在法国见到她时，她跟我说："也许是因为我们中国人的传统，总是不忍心在夜晚把孩子留在一边的，每天她都是上半夜跟老公睡在一起，下半夜转战到孩子的房间，这样才踏实。"好在他的法国老公很理解她一颗爱孩子的心，对此也没有什么抱怨。她说如果换了另外一个法国男人，可能早就离婚了。还是感谢法国男人对我发小的理解，看在混血儿子的份上，承受着上半夜两人、下半夜一人的床上生活。

在我看来，家里的男女主人，无论是上半夜、下半夜的生活，还是一人床上、一人打地铺的生活，或是一个人一个房间的生活，只要有爱的温暖，夜的生活都很宁静、安详。

参加和未参加的婚礼

相书上和算命的人都说我今年冲太岁，所以行事要小心，多参加婚礼对我比较好。年初在香港的圆玄学院去朝拜，5 月份去仙湖的弘法寺朝拜，10 月份又去五台山朝拜。登上五台山的那一天，刚好是乔布斯去世的日子，也是那天在微博里才知道，他是个佛教徒。

其实，到深圳后我参加的婚礼寥寥无几。原因主要是深圳外地人多，同事朋友结婚都回内地了，在内地办完婚礼回来请大家一起吃饭。这是普遍的做法。更简单的庆祝方法是，拿喜糖给大家分享一下。对婚礼的感觉并不像在内地那么隆重，而且我也并不认为隆重豪华的婚礼之后就一定是幸福恩爱的美满生活。婚姻后的漫长生活幸福与否，与短暂的隆重婚礼仪式并不存在任何的逻辑关系。

有个上外的学弟，今年5月份回家举办婚礼。新郎新娘在我曾经工作过两年的城市迪拜相遇，美丽的邂逅造就了幸福的一对。婚礼在新郎的老家安徽绩溪举行，这个地方如果不是因为他邀请我参加他的婚礼，我还不知道。绩溪确实是个人杰地灵、名人辈出的地方，以下几位名人都是出自该地区：总书记胡锦涛、国学大师胡适之、抗倭名将胡宗宪、制墨巨匠胡开文、红顶商人胡雪岩、著名茶商胡允源、战斗英雄许家朋、湖畔诗人汪静之。虽然最后由于时间安排等原因此行未成功，但是却对这个城市的概况做了个网上扫盲，下次的安徽之行一定会去这个靠近黄山的城市看看。

9月份，在万象城的千禧皇宫参加了一位朋友妹妹的广式婚礼。新郎新娘都是地道的广东人，而且都很年轻，新娘是"90后"，而新郎也只比新娘大2岁，据说他母亲也只比我年长2岁，已经是4个孩子的母亲了。所以，我对整个婚礼的关注就聚焦到了新郎的母亲那里，至于新郎新娘是什么摸样，我到现在也想不起来了。

新郎母亲是潮汕人，真的是勤快不娇气，一点看不出是4个孩子的妈妈，据说最小的孩子已经读初中了。我和老公是彻底响应国家号召，晚婚晚育，一对夫妻只生一个好。看着这些潮汕人生了一个又一个，既不晚婚也不节育，感觉确实成功的路不止一条，孩子那也是投资啊。

10 月份，RENEE 跟我说要结婚了，婚礼要在泰国的芭提雅举行，是一个集体婚礼，由泰国国家旅游局组织接待，按照泰式婚礼举办，她和未婚夫的全家都过去。我又一如既往地向往了一番去参加的可能性，在理想与现实之间做了个梦，然后此行又被残酷的现实给弄夭折了。看着她发回的照片，穿着泰式婚服的她和新郎幸福甜蜜地坐在大象上面微笑着，我感觉这个是我今年最不应该错过的婚礼。也建议那些即将结婚的新郎新娘可以参加下我们邻国组织的集体婚礼，既浪漫又享受异域风情。

11 月份，ERIC 要结婚了，他的家庭式婚礼在大梅沙的喜来登举行。他的广式婚礼只请了一些亲戚家人，然后计划与新娘去英国和意大利度蜜月。我更喜欢这种小型而温暖的家庭婚宴，这次我是作为"媒婆"出席的。不好意思的是，这是我目前介绍成功的唯一一对，严格说也不是我介绍的，算是我撮合的，而且他们应该算是时下最流行的"闪婚"一族，从确认恋爱关系到结婚不超过两个月。所以事实上，我在婚姻候选人的完美搭配方面并不是很有经验，这个成功的案例鼓舞我继续为身边的有缘之人做好媒婆工作。

12月24日，福田万豪酒店。我将受邀参加另外一对新人的婚礼，新郎曾经出现在我的博文"被追过，被甩过，至少被爱过"里，这应该是本年度的最后一次婚礼了，新郎新娘也是闪婚的典范，与 ERIC 一样属于由公司同事变为亲密爱人的案例。

祈愿他们婚礼的福分照满我未来的 2012 年。也祝福各位今年结婚的爱侣 2012 年幸福美满，早生贵子。

婆媳关系，一半尊重一半迁就

与所有婚姻中的女人一样，我一直承受着婆媳相处的压力。我有个女朋友，与婆婆关系相处甚欢，而且她把婆婆当成自己妈妈一样尊重，婆婆拿她当自己家闺女一样照顾。这种情况，当然是我们每个女人在婆媳相处中要努力的方向。可是据我所知，大部分的女性与婆婆无法达成这样的默契，也无法有这样的缘分。我个人认为，如果达不到这个境界，做儿媳妇的至少要给婆婆多几份尊重，几份迁就。

当我快生孩子的时候，因为老公工作忙，我们请来当时已经退休的婆婆过来帮忙照顾即将"坐月子"的我，请她来的本意是为了帮助我们度过那些手忙脚乱、不知所措的初为人父母的阶段。不曾想到，带来的却是我们之前从未想到过的、天天都会发生的许多生活小节的摩擦和口角。

　　婆婆在她自己的家，在她的婆家，在她供职的学校，都是当家作主、说一不二的人，在我没有来得及给她讲清楚"我是这个家的女主人"的时候，她已经按照惯性以"女主人"的身份开始操持家务了。她完全把我和老公的家当成了自己的家，以至于请来的"钟点阿姨"常常闲着，只需要守着床上熟睡的孩子。

　　结婚时买的那些好看的瓷器茶具和碗具，都被婆婆说因为容易打碎换成了不锈钢的碗，婆婆喜欢按照她的方式把我的东西收拾到我找不到的地方，以至于我经常找不到要用的东西。我喜欢把窗帘落下来，婆婆说拖拉，一定要把下面卷起来。婆婆习惯了在厨房的洗手盆里漱口，而我觉得那是应该在卫生间的洗手盆里做的事情。

　　每次与婆婆发生争执，老公永远都是在数落我的不对，无论是否真的是我不对。在他心里，婆婆是拥有绝对的地位。远在美国的老公的妹妹，也许因为我们有着相同的经历，都是出来上大学后就没有跟老人住过，对我的不习惯非常理解，每次我在抱怨她的哥哥如何向着她的妈妈时候，她总是这样开导我："嫂子，如果你的儿子将来也这样的尊重你，你会不会很开心啊。"我说当然，这样一想，心理平衡了很多，于是不再纠结这些小事情。

　　每次当我问到老公那个古老的话题：如果我和你妈妈掉到湖里，你先救谁时，他的回答总是："不用问了，一定是我妈，不过我会向你保证，万一你有意外，我终身不娶。"以前听了前半句话，我会气得一晚上睡觉不着，而且几天不跟他说话。后来听了，尤其到了后半句话时，心有安慰，毕竟他还想着为我守活鳏，我也认了。再说，如果我人都没有了，还惦记他以后的生活干什么？如果我的儿子将来对我也像他爸爸对他奶奶这样，我岂不是心里乐开了花？思来想去，觉得也不需要在无法改变的事情上浪费时间了。

　　就这样，在磕磕碰碰中度过了半年后，我已经觉得问题很严重了，并跟老公商量与公婆分开住。老公起初坚决不同意，不过我坚持说一定要尊重"私密空间"，包括我的空间和婆婆的空间。我最后又吓唬了他一下："如果不分开，受苦的可是你，在我们之间做夹心饼干，你愿意吗？"他想了又想，终于同意在隔壁小区买了个公寓。装修好后，公公婆婆搬过去住。他们搬走后，我突然觉得像恢复了自由一样，我可以放下我的窗帘了，我可以用回我的瓷器了，我的东西可以随便放，爱放在哪里就放在哪里。我可以不用管她到底在哪里漱口了，眼不见心不烦。

　　也许是距离产生美吧，分开住后，我们之间的关系变得融洽多了，只有晚餐时见面，磕磕碰碰少了很多，换来的是彼此的关心和问候。不知道哪位哲人或者是俗人说过这么一句话，结婚前要睁大眼睛，结婚后要睁一只眼，闭一只眼。

我觉得这话是绝对的真理，按照这个说法，我做"独眼"媳妇 N 年了。我不再像以前那样"火眼金睛"地挑刺婆婆的生活小节，不再像以前那样"横眉冷对"地表明自己的喜好，而是经常睁一只眼，闭一只眼，放过不惑之年的我自己，也放过古稀之年的婆婆大人。

如果我们每人在结婚的时候可以不必面临婆媳相处这个问题（我的几个女朋友没有此问题是因为婆婆过世较早），或者可以幸运的在找到心心相印的老公时还找到一个情投意合的婆婆，那也许今天的这个话题是多余的。而对于那些与我一样，必须面临婆媳相处的人来说，为了家庭的幸福，看在老公的份上，只要她爱你的儿子，你爱她的儿子，对你的婆婆多几份尊重，多几份迁就。

健康最重要

健康最重要——请人吃饭不如请人出汗

自从妈妈7年前得糖尿病之后，我深刻地体会到了饮食和健康的重要性。妈妈原来是身体非常好的人，但是得了这个病之后，饮食方面很受限制。而且人也总是恹恹的，出行也不方便，每天需要注射胰岛素来维持血糖平衡。原来一个活蹦乱跳、神采奕奕的人，现在几乎每天有一半时间躺在床上了。

我的脚后跟起了骨刺，已经两个多月了，走路时候疼痛难忍，去医院看了几次医生也没有什么好的办法，给了些药膏，可是贴了也不是特别管用。我还喝了半个月中药，给我把脉的中医说，我的肾虚，肾主骨，所以我的腰疼、骨刺都是因为肾虚引起。中医开了药和泡脚的方子，我于是天天泡脚，希望泡脚缓解我的疼痛，让我可以尽快正常走路。

　　每年到年初的时候，在国外常驻的同事都回国开会休假。长久未见面，大家在一起肯定是要以吃饭来增进一下彼此的感情。这真的是让我非常发愁，接二连三的饭局让人腿软。不吃吧，有些同事一年就这么一次见面，说不定这辈子就这么一次。吃吧，实在是接应不过来。

　　我跟一个同事开玩笑说："不吃饭了吧，我们散步吧。"他说："郭姐，我刚从南美回来，在倒时差，腿是软的，无法散步。"是啊，我也要理解下他们，常年在国外，虽然公司公寓都配有厨师，但是毕竟因为原料和工艺的问题，花样和菜系没有国内这么多。他们回来就想吃个正宗的中国菜，想坐在地道的中国餐馆，想享受那种在地球上任何一个地方都找不到的中国式"温暖牌"服务。所以我能做的，就是一次次的顶着日渐肥胖的肚子去吃那些我吃了几次的饭菜。回到家里，再赶紧跳几下肚皮舞来把圆圆的肚子扭动几下。

　　最近朋友发的一个短信让我非常想笑——富婆去寻欢。妈咪问她：要什么样的？富婆答：要素质高雅、绝对顺从、严守秘密、不计报酬、长期压抑。妈咪扭头叫道：白领们出来接客喽。这个短信虽然搞笑，可是确实真实地反映了与我一样忙碌工作的男女白领的现实状况。压力大，工作忙，没有时间锻炼，亚健康几乎人人都有。

频繁的海外出差也导致了我的腰椎间盘突出，虽然不是很严重，但是很多时候影响了我的日常生活，就是坐久了就疼。3月份从法国回来，我们乘坐的法航飞机由于受到气流的冲击，颠簸直线下降了30多米，我当时的感觉飞机要掉下去了，两腿发软，人一点知觉都没有了。等到飞机平稳的时候，我浑身都已经因为惊吓而湿透了。心脏承受能力减弱也是亚健康的表现。

我将引用另外一个朋友发的短信结束此文：人的一生，就像乘坐北京一号线地铁：途经国贸，羡慕繁华，途经天安门，幻想权力，途经金融街，梦想发财，经过公主坟，遥想华丽家族，经过玉泉路依然雄心勃勃——这时，有个声音飘然入耳，乘客你好，八宝山快到了，顿时醒悟，人生短暂淡然处之，享受生活把握快乐，保重身体拥有健康。

妇产科体检，遇男性医生

生儿子怀孕产检的时候，有一次遇到了一位男医生做检查，我当时有点害怕，旁边的医生宽慰我说，现在妇产科都是男医生检查，没有什么。不过，当时我肚子大的连自己面前的路也看不到，心里想的全部是如何生出个健康快乐的孩子，至于谁给我检查身体，我确实不太敏感。男医生给我检查的时候，我确实并没有什么害羞或者胆怯的感觉。

做剖腹产手术时候，也是南山医院的一位男医生做的。很多女性朋友觉得，男医生做剖腹产是可以接受和理解的，所以那时候我对男医生给女性体检、做手术基本的态度是接受加配合。

年初在山西省人民医院做乳腺钼靶检测，检查的原因是因为隔壁办公室的一位女同事在做体检时候，发现自己是乳腺癌 4 期，目前在化疗过程，小孩子才一岁多。这个近在身边的鲜活案例让我非常的震撼和警惕，回太原看父母时候就顺便在当地医院做了个乳腺钼靶 X 线摄影。

乳腺钼靶，全称乳腺钼靶 X 线摄影检查，又称钼钯检查，是目前诊断乳腺疾病的首选和最简便、最可靠的无创性检测手段，痛苦相对较小，简便易行。据相关临床调查显示，约有 90% 的女性均患有不同程度的乳腺疾病，乳腺癌更是威胁全球女性健康的第一杀手，严重危害着广大女性的身心健康。

做乳腺钼靶的那天，我随着一位男医生进去检测室，他说要脱掉上衣，包括内衣，然后自己出去了，我开始按照他的要求脱掉了上衣和内衣，转头看到玻璃窗外，一堆实习生站在外面，貌似有个老师在电脑上教导什么东西。男医生进来，开始托着我裸露的左乳房放在仪器上，然后出去又对着电脑和仪器在跟实习生嘀咕什么，同样的流程检测了右边的乳房。

检查右边乳房的时候，我是面对着窗外的实习生的。不过他们专注地看着电脑，并没有人对我东张西望。开始心里还是有点紧张嘀咕，第一次做上半身全裸的检测，自己有点不好意思了，我不停地用从心理学教材里学到的知识安慰自己：不用怕，这是为了自己的健康，就当作一次人体模特吧。大伙不是在看我，是在学习医学知识，果然这种自我心理暗示很管用，我不再紧张了，很快配合医生做完了检测。开始穿上衣服的时候，我已经彻底放松了。更令我喜悦的是，检测结果是良好，我很健康没有得病。

昨天去南山妇幼妇检，做彩超，又遇到了个男医生。进入房间后，男医生说："脱掉右腿的裤子。"我在想，这怎么脱啊，就把裤子先脱了。然后他又说，"脱掉内裤。"我按照他的要求做了。我紧张地问他："在生理期，能检查吗？"他说："既然医生开了检查单就可以检查。"

他帮我做检查的时候，眼睛盯着电脑，基本没有看我，语气很温和，表情很平静，估计担心我紧张。我这次基本不紧张了，因为我知道自己身体出了问题。我希望他尽快检查出我的毛病，以便配合医生治疗。我们两个互相尊重，精诚合作，谁也不看谁，他目不转睛地盯着电脑，我眼睛朝上盯着天花板，很快做完了检测。那时候，我想到了著名的《功夫熊猫》里的一句话：心如止水。不只病人需要强大的内心，医生也需要无比的淡定啊。

回来跟几个公司的姐妹说起这个事情，她们都很佩服我的勇气。如果是她们，遇到男医生就不做体检了，直接回家了。我说那不行啊，身体重要啊。多年前，我的一位做医生的朋友跟我说，在医生的眼里，病人都是用各种器官组成的，就算你穿了十八层皮衣，在医生面前，你也是裸露器官的组合。听完这个解释后，我彻底放松了对男医生的戒备，只要医术高超，男医生女医生又何妨呢？

仅以此篇，献给与我一样已婚已孕的妇女，为了自己的乳腺健康，去做个乳腺钼靶检查吧。

生活就是你羡慕我，我羡慕你

昨天很晚的时候，我正在与儿子沟通学校当天发生的事情。手机突然想起，一个未知号码打进来，接起来一听，那久违而熟悉的声音，是我多年未见、久未联系、目前定居在墨尔本的高中同学打来的。夫妻两个都是我的高中同班同学，也是班里唯一修成正果的一对鸳鸯，带着两个男孩在澳洲过着幸福的生活。

我的男同学开着一个类似711便利店，女同学在家全职带着两个孩子，生活无忧无虑。不过他说有点闷，无聊，因为太安静了。中国人习惯了人来人往、熙熙攘攘的生活，在那些安静的国家的地方，在很多的时候，从心理层面来说，简直就是坐监狱。国外好山好水好寂寞，国内好吵好闹好逍遥啊。

我羡慕地说："多好啊，多安静，习惯了安静的生活，连过马路都不会东张西望了。"生活在深圳这个全世界最拥挤城市排名第五的地方，每天从早到晚都让你灵魂深处都烦躁不安。我是多么渴望周围的环境安静一点，再安静一点。

我跟同学说："你是老板，是自己给自己打工，多有价值和成就感啊。"他说："我想打工，从来没有想到自己开小店，打工不用操心，自己开店操心多啊。"我说："那我喜欢有自己的店，可是没有时间精力和实战经验管理啊。"他是老板，羡慕我打工朝九晚五，压力不大（其实每份工作都有压力）；我是打工女，却羡慕他当老板自由自在，有自己的一份实实在在可以传给后代的小店。

然后又谈到一个在新西兰的男同学，他老婆要生第三胎了。这可是把我羡慕死了啊。现在我啥都不羡慕，我就羡慕那些能生的母亲，左手抱一个、右手推一个、肚子里还怀一个的女人。每次在各国的街上看到这种造型的女人，羡慕得口水要流出来。

而且国外女人身体好，那么冷的天气穿的还很少，健步如飞，看着很健康。她们没有像我们一样要坐月子，要过百天什么的。看到她们匆匆而过的背影，我总是要驻足停下来观望几分钟。可是我自己身体不做主，生了一个孩子还把我折腾在医院躺了半个月，再生个孩子那实在是我可望不可及的梦想。

同学不以为然地说："在国外没有什么事情，就生孩子吧，福利好，生下来也好带，就算失业了，政府也有救济。"他的不以为然却是我的终生梦想，真是同人不同命，冰雪两重天啊。

他接着说：他的老婆带孩子出去看电影了，孩子放假，周二电影票打五折。多好啊，我要是全职在家带孩子，该多开心啊。我愿意每天陪着孩子看电影啊，就算电影票不打折。

有一次，儿子问我："为什么别的同学的妈妈在小朋友上下学可以来接送，可是我是爷爷接送?"他要妈妈接送。我说："可以，不过我不工作的话，以后不能买玩具，不能总吃肯德基，不能到处旅游了。"结果他考虑了5分钟，给我的答复是："你还是不能辞职，上班赚钱很重要，爷爷接我就可以了，晚上回来我可以跟妈妈在一起。"

自从那以后，哪怕我自己随便说个辞职的词，儿子会过来批评说："不能辞职，你要上班，你不能做全职妈妈的。"我深深地感叹儿子的与时俱进和活在当下的精神，他比他老爸还支持鼓励我上进。

在近半小时的寒暄谈话里，我们就这样互相羡慕着对方的生活，可是又感觉互相都不能长期按照对方生活的样子生活的情况下结束了对话。

这个世界上头发短的羡慕头发长的人，丰满的羡慕骨瘦如柴的，结婚的羡慕单身的，总之，每个人都羡慕别人拥有的，可是很少看自己拥有的。也许，每个人都是这样，你只是在虚幻的假想中羡慕着别人的生活，可是骨子里，你觉得自己的生活最适合自己。这个世界，谁也改变不了谁的生活，可是谁的生活都有可能成为另外一个人羡慕的模式。生活就是你羡慕我，我羡慕你。让我们在互相羡慕中快乐生活吧。

斜杠中年生活

我的一本一线生活
Wo De Yi Ben Yi Xian Sheng Huo

滴滴车主

滴滴快车的出现对于我这种不喜欢开车的人来说，简直就是福音。有钱养车没有钱请司机是一般中产阶级的硬伤。自从有了滴滴，只要是跨区的路程，地铁无法直达的目的地，目的地没有方便停车场的，晚餐要喝酒的应酬（我是从来不喝酒的人，但是喜欢喝酒酿），我基本都是滴滴代步了。滴滴还满足了我的另外一个价值观爱好：减少碳排放。

但是任何事情都没有十全十美的令人满意。我做了两年多的滴滴乘客，有很多的不满，甚至准备卸掉 APP，想用 UBER，然后就听说 UBER 中国业务与滴滴合并了，于是我抱着得过且过的心态，继续不满意的使用着。

我的不满意主要集中在几个方面：一是车内不干净，

有次滴滴到的是一个货车，但是因为赶时间，我也只好忍了。二是车主不礼貌，他着急上班，把我放在了马路的另外一边。那天下着雨，我很不高兴，给他打了中评。三是司机的时间观念不强，或者滴滴派车的时候对距离把握不准，高峰期间要10分钟以上才可以到，我经常取消，因为要赶时间。

最完美的体验是在美国旧金山，因为亲戚临时有事情，无法送我们去机场，帮我们叫了UBER去机场。司机看着像个拉美移民，很有礼貌，上车后问我和儿子空调是否太大，水在前车座位后面挂着，问是否要口香糖，还问音乐是否喜欢，需要换频道吗？我的感觉是非常体贴礼貌的绅士。下车时，他特意说，请我给他打高分。我觉得这样的滴滴司机，他不示意我，我也会打高分。

两次投诉：一次在深圳关外打车，结果来了一个顺风车主，车很一般，还带了三个穿校服的学生。当我质疑他车上有人的时候，他说他要送孩子，顺便送我，我立刻拒绝，我当时的想法是因为安全考虑，我是特别没有安全感的人，一看车上有人，虽然是学生，觉得这个司机有非恶意的欺骗行为，于是拒绝上车，并投诉了他。

第二次是春节在西安，到了机场，打了滴滴，结果对方电话说，如果是三个人，每人要收5元的过路费，我问他："这是滴滴的规定吗?"对方理直气壮地说:是我们当地的规定。我断然拒绝,挂断电话,然后投诉滴滴客服。接听投诉的客服说:"你可以再使用一次我们的服务,如果你还是无法成行,你在一周之内无法使用我们的服务。"我一听,就生气了,是对方在肆意索要不合理的费用,为啥要限制我的出行?对方说: "没有办法,这是我们的规定。"

我不知道滴滴是如何处罚有异常行为的顺风车车主的,但是我的感觉这个跟打出租车的服务型行为是不同的,我和车主之间不存在甲方乙方的关系,而是合作的关系,甚至是他在帮忙我的行为,所以就算是投诉,结果估计是三天无法使用滴滴行车而已,或者信用分数降低,不会有其他的现金惩罚。

我是不喜欢开车的人,自从使用滴滴出行后,家里的两辆车养尊处优的闲置着,还要交各种停车费、保险费、维修费。每周我还要开车出来遛遛车,以免打不着火啥的。半年前我在注册淘宝的那一天 (请原谅我对淘宝的不屑一顾),注册了几个其他软件,其中一个是滴滴顺风车车主,但是一直没有使用。关键是没有兴趣研究如何使用。滴滴的页面每天提醒我可以开始启程使用顺风车主功能了,我一直觉得自己驾驶感很好,但是方向感不行,属于导航都无法把我带到目的地的人，害怕手忙脚乱耽误他人，完全没有信心。

两周前我要去盐田探望朋友，导航指示需要 1 个小时，在我预订的时间内没有定到顺风车，因为路熟悉，我便打开了滴滴顺风车车主页面。去莲塘的路很熟悉，也不是高峰期。第一次体验还不错，还顺便看了一下之前公司的总部旧址莲塘工业园 710 栋，满足了下怀旧的情怀。

滴滴顺风了一周时间，我就开始泄气了。原因是在我开启滴滴车主的第二天，去关外的路上还没有上高速，我就因为窜道吃了个罚单，微信交了 300 元罚款，这个 300元够我一周的滴滴车钱了。我对交通规则的不敏感是我的一个弱项。虽然每天提醒自己，放下身段，拥抱未来，但是拥抱未来要付出的代价让我开始犹豫，关键是怀疑自己的能力了，这个本来也不是我的长项。

接连几天下来，我总结了自己在运营（请原谅我用了这个目前媒体使用频率最多的词，以表达我对互联网行业的尊重）顺风车这个领域的长处和短处，结合滴滴给出的可选项，给自己定了几个原则：（1）只开自己熟悉的路段，我是路盲，不熟悉的路，导航都无法把我送到，一定是顺路，拒绝绕路浪费时间，我选择顺路 90% 的乘客。（2）选择按照我的时间，因为我对时间很看重，无法妥协别人的时间，上下班高峰期间和周末不顺风。（3）首选女乘客，主要是考虑安全因素。（4）只接一个人，不接受拼车。不接多人乘车，是因为他们在车上说话，影响我开车的注意力。（5）分值低于80的人不选择。我的选择主要是先考虑我自己的路线和时间实际情况，然后再想到如何可以共享我这个车的资源，管理以及风险控制的理念对每一件事情的开端都很重要。人首先要满足自己，才能满足他人，这是天性。

在不到三周的时间里，也就顺风了六七次，我的感触是很深刻、很直接的。我叫到了我喜欢的颜值高、有礼貌的顺风乘客，也滴到了外地来出差的商务人士，当然也滴到了我不太喜欢的外来劳务工。我必须坦率，我担心他们弄脏我的车，我想取消，但是想到滴滴可能对我的信任值降级，我就忍住了。滴滴这个看不到的隐形平台，是考验我耐心和平等对待他人的绝好的锻炼。

我做乘客的时候，车主对我的评价大多是：女王范，职场精英，亲和力强，99%的车主愿意与我一起同行。我从乘客切换到车主，乘客对我的评价是：女王范，职场精英，才华横溢，99%的乘客愿意与我一起同行。我很兴奋地把我的滴滴车主的体验告诉闺蜜，闺蜜惊讶地感叹：有人敢坐你的车吗？你的气场把人压得估计开错了道路也不敢说啊。我说，我哪里有那么差，至少我的驾驶技术还是很好啊，怎么从来没有人评价我驾驶平稳啊。跟我一起同行的人，更关注我这个人而不是我的车，这是我的深刻体会。

之前，我的另外闺蜜听说我注册了滴滴车主，就开始疯狂打击我：求求你了，我担心你顺风一次，就被滴滴乘客投诉的不能开车了，你的那种急脾气哪里可以干这个事情啊。我说：不会的，他们要是不满意我，我可以给他们做人工智能催眠啊，心理按摩啊，危机处理也是我的长项啊，管理各种各样的人是我的长项啊。

当然，我现在的信用值也不高，只有75分。滴滴每天都在提醒我，我的信用值比较低，低于70分就要交保证金。这个是我不太喜欢的，提醒是对的，每天提醒就是让人不舒服。如果滴滴因为我作为车主出席率不够高，降低我的信用值，我也不会交保证金给滴滴。在考核这个事情上，我觉得积极的引导和鼓励好过悲情教育，我也没有打算刻意去提高这个信用分值，只想做真实的自己。

滴滴的有些管理很人性也有创新。3月8日那天，收到短信，对女车主有个奖励，这天如果作为车主三次滴滴了，就可以奖励38元。但是应该考虑到，一年一度的女王节，我这样的女车主是要购物、美容美发美甲的，没有时间共享我的车啊。

我做乘客的时候，经常取消预订，因为自己的行程有变化，也被滴滴罚过钱，我都主动的交了，因为不交罚款的话，就无法使用滴滴出行了。遇到一次取消我的人，我觉得这是很不礼貌的行为，不是因为钱的问题，是因为浪费了我的时间。滴滴目前的注册用户有3亿，我作为滴滴乘客和顺风车主，每天都在两个角色切换中，体验着人生各种不同的感受。试想你在一个机构或者公司里，你不可能同时以两种截然不同的身份出现，但是在滴滴的平台上，这个功能实现了，你可以选择你出现的身份，车主或者乘客，这难道就是有人一直预言的未来社会的相处模式：没有组织和机构，只有平台和个人吗？

感谢身边正能量闺蜜对我每个新想法的支持，Y说：我给你的广告语：人生的路上，有我这样的老司机与你同行，一定受益匪浅啊。Z说：亲爱的，有包车服务吗？我要包你，送我上下班。而我心里担心的是，我这个老司机，到底对这个事情的新鲜劲和耐心有多久啊？不知道，因为未来的事情，无人知晓。互联网十年，区块链一天，没有人知道未来会是怎么样的，我只是抱着尝试的心态，不想成为那个36岁就只会收路费的中年妇女，而要做一个80岁也会被阿里高薪雇用的KOL。

中年老阿姨的芬香生活

周末，内地的同学在我的购物群里，看到一件物美价廉的防晒衣，链接进去没有内购的芬香价格，看我是否可以帮她买两件，我说可以。

按照京东的规定，一个 ID 只可以卖一件促销单品，毕竟原价 260 元的衣服，现在只要 69 元。我立刻下单买了一件，她说还要一件给远在美国的女儿，我于是请儿子帮忙下单，儿子在打游戏，一边下单一边不高兴地说："你们这些中年老阿姨就喜欢钻空子，一个人就可以买一个，还要再买，违规操作。"嘟嘟囔囔的。

我在旁边宽慰说：帮助别人是美德，现在经济不景气，能省就省，阿姨要跟女儿穿亲子装。下单后，我跟同学说了儿子的反应，同学笑着说：难为宝贝了，替我谢谢他，我们在内地赚钱能力有限，告诉他，你妈妈是做好事，帮助我们省钱的。

突然间，因为儿子的一句埋怨，我终于承认了自己是个精明的中年老阿姨的事实。自从从高大上的上市公司离职，不求上进的我进入了前所未有的自由状态，自由的代价是没有了稳定的高薪，也没有了"996"的加班，啥都自由的情况下，经济进入了忽高忽低的不自由了。

之前超市都不去的我开始关注柴米油盐价格。在京东工作的人大校友拉我入京东内购群，我开始享受内购的优惠并且上瘾了，省钱和打折两个词成了我购物生活的高频词汇。后来在同学姐姐一个大律师的二次开导下，去年10月注册了芬香的会员，组了两个200人以上的群，升级成了超级会员（超级会员升级主要60人群就可以），半年时间做到了芬香导师。

C端的生意不拼姿势，拼的是激情和速度。一个手机随时随地就可以分享赚钱了，可能在你都不知道的情况下，你已经就是注册的小程序会员，开始你是消费者，消费多了，你成了经营者。自用省钱，分享赚钱。京东芬香算是我对社交电商分享经济的尝试。

鉴于我个人的职业履历，我总结了做分享经济的几点要求：第一，免费注册，凡是收费的或者每月有强制消费的都不做。第二，不伤人脉，我们在行业里十几年的人脉积累很重要，不能破坏信任，要么帮助别人赚钱，要么帮助别人省钱，如果做不到这两点，那就宁愿不做也不能伤害友谊。第三，不要有业绩要求，既然都在自由状态了，不能让任何考核束缚，可以给我目标，但是不要给我时间限制。第四，项目必须是每个人都可以快速接受并简单复制的，凡是需要不停讲解或者不停教育的都不具备快速传播和复制的潜力，浪费时间。

跟"90后""00后"无法相比，在芬香里，那些神话大咖有的一个月做到了导师，有的一个月做到合伙人。我缺乏这样的激情和动力，不愁吃喝的中年老阿姨，做不到疯狂，做不到每天在群里吆喝，精力和体力都有限，只能按照自己的中年调调，一步步地去做，该学习的学习，该放弃的放弃，踏踏实实的一步步来，没有激进的雄心和野心，只有足够的耐心和恒心。

芬香在疫情期间，带给我生活的各种便利和一些经济收益，我爱上了芬香并拿出多年做人力资源的看家本事，招募联合了几十个与我志同道合的芬香合伙人。做任何的事情首先要自己认同，我的深切体会是：

在线上零成本、零接触投入了一家京东店，里面东西比沃尔玛还全，我足不出户可以享受到全球全国的应有尽有的商品。

在经济下滑期间，我可以买到更加便宜实惠的用品，节省了我的家庭日用开销，培养我货比三家的能力。

在无法出去见客户开拓业务的情况下，我还可以每月有几千元的意想不到的副业收入，虽然不多但是好过没有。

我在带货的同时也知道了很多全国的优质物品，比如陕西徐香的猕猴桃是猕猴桃里的卡迪拉克，我是西安媳妇，之前从来不知道。

无意间做了很多公益，比如京东的助农水果，有一天我卖掉了60箱水果，帮助农民销售他们滞销的水果，令我很有成就感。我都佩服自己的带货能力，想起 TINA 斜着眼睛说："你是业务员。"没错，感谢老东家十几年如一日的培养，我就喜欢销售。

由于我每天发很多商品信息，大家有需要的东西会咨询我，我们的友谊因为芬香而更加亲密，不再是之前冷冷的网友，几个月不说一句话。

初入社交零售行业，我们这些 IT 行业大公司出来的人都不习惯，每天几毛钱，几分钱的，看到几十元的推广费都兴奋到尖叫。我们都说，在京东芬香，我们懂得什么叫细水长流，精打细算。

任何一个行业，没有10000小时的定律难成专家，同样，网上开一家京东店，需要时间体力的共同投入。从来没有一个事业是钱多活少，我每天晚上也在线学习各种社群运营经验以及带货经验，希望有一天像薇娅、李佳琦，一句：oh my god，赚遍全国粉丝的口袋。梦想一定要有，万一实现了呢。

社交营销的本质是社交还是营销，要看每个人的定位，我属于两者都喜欢的人，既喜欢社交也热衷于营销。社交让很多的人了解我，营销让很多的人喜欢我，我只分享（芬香），绝不强买，你若需要，自己下单，你若不需要，自己在里面了解下各种琳琅满目的商品也是一件快乐的事情。如果只把这件事情当成是买打折的商品，那么这个理解是卖菜大姐的想法。

芬香更多的是积累个人数据资产，私域流量变现的平台。而且粉丝裂变流量倍增的逻辑在很多分享经济里都得到了实践。

随着京东在腾讯这个大股东的帮助下，推广力度越来越大，越来越多的粉丝接受了芬香，祝福芬香越做越大，越做越好，拥有很多的消费者。